AF631008

Barbara Rose

Das Bücherschloss
Eine uralte Prophezeiung

Bisher erschienen:

Band 1: Das Geheimnis der magischen Bibliothek
Band 2: Der verzauberte Schlüssel
Band 3: Eine uralte Prophezeiung

Barbara Rose

Das Bücherschloss

Eine uralte Prophezeiung

Band 3

Mit Illustrationen von Annabelle von Sperber

Loewe

FSC
www.fsc.org
MIX
Papier aus verantwortungsvollen Quellen
FSC® C018236

ISBN 978-3-7432-0658-8
1. Auflage 2022

Umschlag- und Innenillustrationen: Annabelle von Sperber
Umschlaggestaltung: Ramona Karl
Printed in the EU

www.loewe-verlag.de

Inhalt

Im Verborgenen …

„Meine Damen und Herren, darf ich um Ihre Aufmerksamkeit bitten?“ Genoveva wedelte aufgeregt mit ihrem Spitzentaschentuch. „Es ist wirklich nicht der richtige Zeitpunkt, um in unserer Bibliothek Verstecken zu spielen. Ihr benehmt euch wie Kinder!“

Ein Kichern war zu hören, Pfoten trappelten eilig über den Boden, ein winziger Besen sauste pfeilschnell durch die Luft, haarscharf an Genovevas Turmfrisur vorbei. Dann ertönte ein blechernes Geräusch, gefolgt von leisem Maunzen.

„Herrje, Pepper, Ferdinand und kleine Hexe!“ Genoveva erhob sich aus ihrem Sessel. „Es gibt Wichtigeres als Kinderspi...“

„Öch muss doch sehr bötten, meine Löbe“, unterbrach sie Ferdinand, der Blechritter, und trat hinter einem Bücherregal hervor. „Könderspöle sönd nöcht albern, sondern sehr wöchtög!“

„Wo er recht hat, hat er recht!“, rief die kleine Hexe, während sie durch die Luft sauste. Nach einem gekonnten Sturzflug landete sie mit ihrem Besen und dem Raben Figaro auf Genovevas Schulter.

„Spielen ist bedeutsam für die Entwicklung. Das hast du uns selbst erzählt.“ Peppers Tasthaare zitterten belustigt. „Damals, als Becky und Hugo zum ersten Mal mit Ben im Park gekickt haben.“ Umständlich krabbelte der Kater zwischen zwei Vitrinen, in denen wertvolle Bilderbücher lagerten, hervor. „Wir sind doch so glücklich, dass die beiden den Schlüssel zur magischen Welt gefunden haben. Deshalb wollten wir uns ein bisschen ... nun ja ... amüsieren.“

Genoveva wiegte den Kopf mit der üppigen Perücke

hin und her. „Das kann ich verstehen, dennoch drängt die Zeit! Es gibt einige Dinge zu besprechen."

„Und dö wären?" Ferdinand donnerte auf seinen Blechschuhen durch den Raum.

„Ferdinand, bitte!" Genoveva verdrehte die Augen. „Geht das nicht ein bisschen leiser? Ich muss nachdenken."

„Sehr wohl." Der Blechritter verneigte sich tief.

Wieder mal zu tief, denn im gleichen Augenblick krachte sein Kopf scheppernd auf die Holzdielen der magischen und geheimen Bibliothek. Die kleine Hexe stieg geistesgegenwärtig auf ihren Besen, düste damit los und brachte sich so vor dem rollenden Blech in Sicherheit.

„Hoppla, jetzt öst er mör tatsächlöch heruntergefallen. Entschuldögt, gleich sötzt er wöder." Mit einer schnellen Bewegung schnappte sich der kopflose Ritter den Helm vom Boden und presste ihn auf seine Rüstung. „Fertög!"

Genoveva ließ sich anmutig auf das schmale Sofa, das inmitten der Bibliothek stand, gleiten. In ihrer Hand hielt sie ein besonderes Buch mit dem Titel:

Das Buch der Bücher
Die magische Welt und ihre Bewohner

Das Buch war sehr dick und etwa so groß wie ein Schulatlas. In der Mitte des honigbraunen Ledereinbands war eine leicht erhabene Krone angebracht. Zahlreiche winzig kleine Wesen, die beinahe lebendig aussahen, liefen um die Krone herum. Wie in einem sich ständig drehenden Karussell. Die Mondsteine, die auf jeder einzelnen Zacke saßen, schimmerten in den wenigen Sonnenstrahlen, die durch die seit Jahren ungeputzten Fenster fielen.

Sachte strich Genoveva über den Buchrücken, dabei hob sich der Buchdeckel um ein paar Millimeter und senkte sich dann wieder. „Alles in Ordnung. Atme nur ruhig weiter", flüsterte die Gräfin.

Sofort begann das Buch zu wispern, zu raunen und zu säuseln, es atmete sichtbar Luft ein und hauchte sie wieder aus. Ein zartes Surren war zu hören, dann wurde der Buchdeckel wie von Geisterhand angehoben. Ein Leuchten, das direkt aus dem Inneren des Buches kam, tauchte den Raum in bläuliches Licht. Mit ihm schwebten die Fellchen, kleine, insektenähnliche Tiere und die Hüter des Buches, heraus. Ihre schimmernden Flügel zitterten bei den ersten Flugversuchen, die samtweichen dunklen Körper bebten.

„Endlich wieder fliegen“, surrte ein pummeliges Tierchen.

Ein kleines Fellchen putzte sich die Fühler. „Ich bin noch ganz zerknittert vom langen Warten im Buch.“

„Beim Katzenfloh“, miaute Pepper. „Warum öffnest du das *Buch der Bücher*, Genoveva? Was willst du damit?“

„Hast du es den Köndern etwa weggenommen?“ Ferdinand ließ sich neben dem Buch auf das Sofa fallen. „Und warum?“

Genoveva stöhnte. „Ich muss wirklich bitten … Was soll diese ungehörige Unterstellung? Ich hatte sie gebeten, es mir für eine Weile zu überlassen. Sie müssen doch die geheime Karte der magischen Welt lesen lernen. Aber zuvor wollte ich sichergehen, dass auf die Kinder keine unliebsamen Überraschungen in unserer Welt warten. Deshalb habe ich alles kontrolliert."

„Aber natürlöch. Dö geheime Karte!" Ferdinand klatschte sich mit der Blechhand an die Stirn, dass es nur so krachte. „Hervorragende Ödee!"

Pepper schlug angespannt mit dem Schwanz. „Also … dass ich daran nicht gedacht habe! Auf meine alten Tage werde ich miaunzig vergesslich."

„Wohl wahr", meinte Genoveva. „Wir sollten noch ein weiteres Geheimnis für die Kinder lüften."

„Häh?", platzte es aus Ferdinand heraus.

„Häh?", wiederholte Pepper verständnislos.

„Herrje! Das heißt nicht *Häh*, sondern *Wie bitte*. Ich

möchte doch sehr bitten, meine Herren. Vergesst nicht euren Anstand und eure Würde."

„Ein Geheimnis lüften? Ich liiiiebe Geheimnisse", kreischte die kleine Hexe. „Um was geht's?"

„Du meine Güte! Habt ihr denn wirklich keinen blassen Schimmer?" Genoveva wedelte sich mit einem Fächer Luft zu. „Ich weiß nicht, wo ihr eure Köpfe habt."

„Manchmal auf dem Boden." Ferdinand grölte scheppernd.

Pepper miaute vergnügt, die kleine Hexe schlug sich vor Lachen auf die winzigen Schenkel.

„Konzentration bitte, verehrte magische Wesen", mahnte Genoveva. „Es wird höchste Zeit, dass wir den Kindern erklären, wie sie nicht nur für den Moment des Lesens in die Geschichte abtauchen können. Wir müssen ihnen endlich verraten, wie sie sich und andere für unbegrenzte Zeit in eine Geschichte *hineinlesen* können!"

1. Kapitel

Strickleitern und Überraschungen

Becky stand in der Eingangshalle von Schloss Rosenbolt und lächelte ihrem Freund Hugo zu. Dabei strich sie versonnen über ihren Pullover, unter dem sich der verzauberte Schlüssel zur magischen Welt befand. Sicher an einem Band um ihren Hals festgebunden. Becky machte eine einladende Handbewegung. „Diesmal darfst du entscheiden, welche Treppe wir nehmen."

„Okaaay", sagte Hugo gedehnt und sah nach oben.

„Ganz fit sehen die alle nicht mehr aus. Aber bisher haben sie bei jedem unserer Besuche in der Bibliothek gehalten. Hm, welche gefällt mir heute am besten?"

„Feuer und Blitz! Welche dir am besten gefällt?", brummte Igor, der kleine Drache, der neben Hugo schwebte. „Die magischen Wesen in der Bibliothek haben gesagt, dass ihr euch beeilen sollt. Macht schon!"

„Genau meine Meinung", bestätigte Herr Nase und trudelte neben Becky und Hugo auf und ab wie eine dicke Hummel.

Die beiden Flugobjekte waren eigentlich Steinfiguren, die in Beckys Zimmer an der Wand klebten. Aber auf geheimnisvolle Weise wurden sie von Zeit zu Zeit lebendig. Genau wie viele andere scheinbar leblose Wesen im Schloss.

„Wie lange dauert das denn noch, Hugo?", knurrte Herr Nase. „Pepper und die anderen warten."

An der Wand sah Herr Nase aus wie eine Monsterfratze. Ein Kopf ohne Körper, mit nur zwei Händen, mit denen er in seiner Nase popelte, riesigen Kulleraugen und einem breiten Mund. Sobald er lebendig war, erwies sich Herr Nase als wohlerzogen und höflich. Igor, die andere Steinfigur, war ein Drache, ein echter Feuerdrache.

„Igor und Herr Nase haben recht", brummte Lotti und stopfte sich eine Haselnuss in die Backen. „Mach schon, Hugo Lahmschnecke. Wir können nicht ewig warten. Ich habe nämlich nicht genug Nüsse eingepackt, um mir die Zeit zu vertreiben. Die leckeren Mandeln habe ich leider unter dem Bett vergessen. Und es wäre hörnchenfies, wenn ich zwischendurch verhungern müsste, nur weil du ..."

„Lotti!", knurrte Watson, Hugos Hund. Der niedliche Malteser war ein guter Freund von Lotti, Beckys Streifenhörnchen. Aber ihre ewig langen Ausführungen gingen ihm auf den Knochen. „Fass dich mal kurz, ja?!"

Welche Treppe sollte Hugo nur wählen? Keine leichte Aufgabe, denn es war jedes Mal aufs Neue aufregend, in die magische Bibliothek zu kommen. Und die Auswahl war wirklich beachtlich. Von einer großen Steintreppe führten kleinere Treppen in alle Richtungen. Schwere Steintreppen, Wendeltreppen aus Metall, ausgetretene Holzstiegen und eine Strickleiter, die aus einem Loch von der Decke baumelte. Alle sahen etwas altersschwach aus. Aber daran hatten sich Becky und Hugo längst gewöhnt. Auch daran, dass die Treppen ins Nichts führten und weit vor den Türen in den oberen Stockwerken endeten.

„Diesmal die ...“, Hugo machte eine Pause, „die Strickleiter!“

„Schimmelige Haselnuss, muss das sein?“, fiepte Lotti.

Watson stellte die Rute steil auf. „Nee, oder?“

In diesem Moment sauste die Strickleiter nach unten, wurde länger und länger und ... endete schließlich genau vor Becky und Hugo.

„Festhalten! Gut festhalten“, schallten die unterschiedlichsten Stimmen durch die Eingangshalle.

„Keine Sorge, machen wir!“ Becky lächelte.

Die hellen, brunnentiefen, klirrhohen und lauten Stimmen kamen von den Steinfiguren, die überall an den Wänden und Decken des Schlosses angebracht waren. Jedes Mal wenn Hugo und Becky unterwegs zur geheimen Bibliothek waren, wurden sie so begrüßt. Denn Becky war das Mädchen, das auserwählt war, die Kinderbibliothek mitsamt ihren Büchern zu retten. Und es war ein Riesenglück, dass Hugo und sie die meiste Zeit allein im Schloss Rosenbolt waren. Also zumindest ohne Erwachsene. Beckys Vater, Professor Librum, war Professor an der Universität. Molly, die Mama von Hugo, studierte dort Lehramt und kümmerte sich zusätzlich um die Kinder und den Haushalt im Schloss Rosenbolt. So waren Becky und Hugo häufig auf sich gestellt. Diese Freiheit genossen sie sehr. Erwachsene störten meistens. Außerdem würden sich die magischen Wesen im Schloss ihnen nie offenbaren und die Geschichten der magischen Welt würden die Erwachsenen nie glauben. Es war also perfekt, wenn jeder seiner Wege gehen konnte.

„Es geht lohooos!" Hugo hängte sich eine Tasche mit gelesenen Büchern um, die er in die geheime Bibliothek zurückbringen wollte. Er packte Watson und stellte sich mit dem Hund im Arm auf eine Sprosse der Strickleiter.

Becky stopfte Lotti in die Bauchtasche ihres Pullovers und postierte sich auf der untersten Sprosse. Auf dem wackeligen Ding hielten sich beide Kinder besonders gut fest.

Sirrrrrrr! sauste die Strickleiter in irrsinniger Geschwindigkeit nach oben. Igor und Herr Nase schwebten nebenher.

„Wow", meinte Becky, nachdem sie nur wenig später vor der Bibliothek standen. „Das war die schnellste Treppe von allen."

„Schnell, schneller, am schnellsten", riefen die Steinfiguren. „Noch schneller geht es nicht, Bücherhelden!"

„Ich habe die Augen zugemacht, damit ich nicht nach unten sehe." Hugo atmete aus. „Okay, dann wollen wir mal!"

Kaum hatten Becky und Hugo die schwere Tür zur geheimen Kinderbibliothek im Dachgeschoss von Schloss

Rosenbolt erreicht, wurden die Flügel von innen aufgestoßen.

„Miauuuu." Pepper stand mit gesträubtem Fell in der Bibliothek. „Beim Katzenfloh, da seid ihr ja endlich. Hereinspaziert! Genoveva hat interessante Neuigkeiten."

Staunend betrachteten Becky und Hugo das *Buch der Bücher*, das in Genovevas Schoß lag. In diesem Buch war die gesamte Geschichte der magischen Bücherwelt verzeichnet und es gab dieses Werk nur ein einziges Mal auf der Welt! Ein merkwürdiger Glanz ging von dem Buch aus. Und irgendwie sah es auf einmal ... größer, dicker und geheimnisvoller aus.

„Liebe Becky, lieber Hugo", begann Genoveva. „Es wird höchste Zeit, dass ihr in der magischen Welt für Ordnung sorgt ..."

„... und unsere Freunde, dö Buxies und Glimmeria, befreit", ergänzte Ferdinand und verbeugte sich vor den Kindern.

Hugo konnte gerade noch seinen Kopf festhalten, bevor er wieder auf den Boden knallte.

„Würdest du mich bitte nicht unterbrechen?", säuselte Genoveva. „Ich muss mich konzentrieren." Sie blätterte einige Seiten im *Buch der Bücher* um. „Nun, Becky und Hugo, was seht ihr hier?"

Becky kniff die Augen zusammen. „Äh … ein Buch. Gedruckte Seiten. Viel Text, wenig Bilder."

„Jep." Hugo nickte.

Mit ihren feingliedrigen Fingern strich Genoveva über den Einband. Staubflöckchen lösten sich dabei von dem verzierten Leder und schwebten durch die Luft. „Haaatschi", nieste sie. „Ich glaube, ich leide tatsächlich unter einer Stauballergie. Hatschi!"

„Ach du dicke Walnuss. Das Geheimnis ist also, dass du eine Stauballergie hast?" Lotti, die von Beckys Schulter auf das Sofa gehüpft war, putzte sich den Schwanz. „Das ist ja langweiliger als eine gesalzene Mandel!"

„Lotti!" Watson bellte laut. „Benimm dich."

„Wohl wahr", stimmte Herr Nase zu, der in einem Bücherregal saß und vergnügt mit den pummeligen Beinchen wackelte. Neben ihm lag sein Freund Igor, schlief und schnarchte dabei wie ein ausgewachsener Löwe.

Ferdinand war neben das Sofa getreten. „Wenn du mör dö Bemerkung gestattest, meine Löbe: Mach nöcht so ein Brömbamboröum möt dem Buch. Dazu haben wör keine Zeit." Er sah Becky, Hugo, Lotti und Watson an. „Das *Buch der Bücher* enthält eine Karte der magöschen Welt. Öhr müsst sö dröngend kennenlernen."

„Eine Karte der magischen Welt?" Becky zuckte mit den Schultern. „Aber ich habe mir das Buch genau angesehen, als ich es mit Hugo aus Papas Büro geholt habe. Hugo und ich haben sogar meine Detektivlupe benutzt und das Buch auf Geheimschriften untersucht. Da ist keine Karte drin."

Hugo nickte. „Die hätten wir entdeckt."

Genoveva trommelte mit ihren Fingern auf den Ledereinband. „Natürlich ist die Karte darin, meine Lieben. Aber warum sollte jeder sie gleich entdecken können? Das *Buch der Bücher* lüftet seine Geheimnisse nur für diejenigen, die Gutes im Schilde führen. Für wahre Bücherliebhaber."

Hugo biss sich auf die Unterlippe. „Also wenn da eine Karte drin ist, fresse ich einen Besen!“

„Guten Appetit, Hugo.“ Pepper maunzte belustigt. „Natürlich gibt es einen Trick. Die Karte muss gebeten werden, sich zu zeigen.“

„Es ist eine geheime, zauberhafte, lebendige Karte!“, rief die kleine Hexe, während sie die Gesellschaft mit ihrem Besen umrundete. Sie konnte es kaum aushalten, wieder in die magische Welt zurückzukehren. Nur durch einen dummen Zufall war sie bei Beckys und Hugos erstem Besuch in der Bücherwelt mit den Kindern herausgeschleudert worden.

„Eine geheime Karte? Lebendig?“ Hugos Augen waren groß wie Suppenteller.

„Wir müssen sie ... bitten?“ Becky kicherte.

Mittlerweile hatte sie jede Menge Abenteuer in Schloss

Rosenbolt und mit den magischen Wesen erlebt. Deshalb zweifelte sie keine Sekunde an Peppers Worten, auch wenn sie ihr noch so merkwürdig vorkamen.

„Gut." Becky nickte. „Was müssen wir machen? Oder darf nur ich?"

Becky hatte sich inzwischen daran gewöhnt, dass sie die auserwählte Bücherretterin war, die in den alten Schriften erwähnt wurde. Aber sie wusste auch, dass Hugo für den Erhalt der geheimen Bibliothek genauso wichtig war wie sie. Becky *und* Hugo lasen wie verrückt und ließen dadurch Bücher, die beinahe zu Staub zerfallen waren, wieder wie neu erscheinen. Bevor Becky und ihr Freund mit dem Lesen begonnen hatten, hatten die Bücher scheußlich ausgesehen. Feiner Papierstaub hatte überall dort in der Bibliothek gelegen, wo sich die Bücher und ihre Geschichten nach und nach in Vergessenheit auflösten. Und leider gab es nach wie vor zwei Abteilungen, in denen noch immer zäher Nebel hing und Feuchtigkeit die Einbände zersetzte. Dies waren die Abteilungen der Buxies und der Fee Glimmeria, die während eines Besuchs in der magischen Welt von der bösen Königin ins Gefängnis geworfen worden waren. Genau diese Wesen sollten Becky und Hugo auf ihrer Reise befreien.

„Becky, ich weiß, dass wir eine Menge von dir verlangen. Aber du bist die Auserwählte und das ist eine große Ehre, mein Kind." Genoveva hielt Becky das geschlossene Buch entgegen. Der Buchrücken zeigte nach unten. „Tippe kurz und kräftig auf die geschlossenen Seiten und sie werden sich für dich aufblättern. Dann wird sich der Ort zeigen, an dem die Karte verborgen ist. Nur Mut!"

2. Kapitel

Weltkarten und Geheimgänge

Mit dem Zeigefinger pochte Becky auf die geschlossenen Seiten und sofort klappte das Buch auf. Wie von Geisterhand blätterten die Seiten bis zur Mitte des Werks. Genoveva hatte bereits darauf gewartet, deshalb fiel ihr der geheimnisvolle Schmöker nicht aus der Hand.

„Und?“, fragte die Gräfin ungeduldig. „Was siehst du, liebste Becky?“

Becky räusperte sich verlegen. „Zwei normale Buchseiten. Mit Text. Sonst nichts."

„Gar nichts?", fragte Hugo enttäuscht und versuchte, einen Blick auf das Buch zu erhaschen.

„Hihi, sie sieht nix", quiekte Igor, der wohl kurz aufgewacht war. „Nix und überhaupt nix. Schön blöd."

„Warum siehst du nichts, wuff?", wollte Watson wissen.

„Warum, weshalb, wieso? Ist das eine Quizshow?", knurrte Lotti, die auf Beckys Schulter gehüpft war. „Also dafür hat Becky keine Zeit, die hat nämlich Besseres zu tun. Warum sollte sie sich langweilige Seiten ansehen, wenn sie in der Zeit auch Bücher lesen und mit mir kuscheln und Nüsse knacken könnte?!"

Genoveva lächelte. „Es *scheinen* normale Buchseiten zu sein. Und das ist auch gut so. Denn das ist der Anblick, der all den Wesen zuteilwird, denen der Zugang zur magischen Welt verwehrt bleiben soll. Sie sehen ... nichts Besonderes." Genoveva blickte Becky bedeutungsvoll an. „Für dich gilt das jedoch nicht, Becky Librum. Du bist nicht nur die Retterin der Bücher, du bist die Retterin der gesamten magischen Welt!"

Becky schluckte. Hugo, der ihre Anspannung bemerkte, nahm ihre Hand, drückte sie und hielt sie fest.

Genoveva fuhr fort. „Diese beiden Seiten sind die Grundlage der Karte. Lege nun deinen Zeigefinger darauf und fahre so sanft und sachte über das Papier, als würdest du ein Baby streicheln. Dazu sagst du leise, aber bestimmt: *Zeige dich, magische Welt.*“

Hugo nickte ihr zu. „Du schaffst das, Becky.“

Becky hielt inne und sah sich um. Hugo, Ferdinand, Pepper und Watson standen dicht neben ihr, Lotti saß auf

ihrer Schulter. Die Fellchen aus dem *Buch der Bücher*, Igor, Herr Nase und die kleine Hexe kreisten um den Tisch mit dem Buch. Und alle blickten sie an! Auf Beckys Armen bildete sich eine Gänsehaut, ihre Augen wurden dunkel vor Furcht. Doch im gleichen Moment stieg ein wohligwarmes Gefühl in ihr auf: Die

Erinnerungen an ihre Mama verdrängten die Unsicherheit. Wenn es etwas gab, das Becky unglaublich geliebt hatte, dann waren es die innigen Lesestunden mit ihrer Mutter. *Wer liest, ist nie allein*, hatte Mama ihr immer gesagt. *Bücher sind Freunde, sie können trösten und zum Lachen bringen, sie können dich stark und mutig machen. Bücher haben eine Seele, und wenn du in diese Buchwelten eintauchst, kannst du ihre Botschaften weitertragen.*

Mama, flüsterte Becky in Gedanken. Tränen stiegen ihr in die Augen, als sie an ihre vor vielen Jahren verstorbene Mutter dachte. *Mama, hilf mir, das ist alles so ... schwer!*

Und plötzlich war da diese leise Stimme in ihrem Ohr, die ihr zuraunte: *Es ist schwer, Becky. Aber du musst an dich glauben. Tu es für mich, für uns! Du bist die Retterin der Bücher. Die magische Welt wartet auf dich. Du kannst es schaffen!*

Becky spürte die Stille, die sich über die Bibliothek gelegt hatte. Keiner wagte etwas zu sagen, sogar Lotti hielt ihr vorlautes Maul. Alle warteten auf Beckys Reaktion.

„Also gut!" Becky prüfte, ob der verzauberte Schlüssel noch um ihren Hals hing. Immerhin würde die Reise in die magische Welt ohne ihn erfolglos bleiben. „So eine Karte kann bestimmt nützlich sein.“ Sie lächelte zaghaft in die Runde. Die Verbundenheit mit ihrer Mama hatte sie gestärkt. Sie würde die Reise in die magische Welt antreten und die Karte öffnen. Für sich, für ihre Mama und für alle Kinder. Sie wollte die Bücher schützen und dafür sorgen, dass viele andere sie lesen würden. Und sie wollte, dass die magischen Wesen mit ihren Geschichten viele Kinder zum Lachen und Träumen bringen oder Abenteuer erleben lassen würden.

Becky blickte zu Hugo. „Ich weiß, dass du mich begleitest. Deshalb habe ich keine Angst“, sagte sie mit fester Stimme.

„Hallohoo? Wir sind doch auch an eurer Seite, wenn ihr in die magische Welt eintaucht“, wisperte ein kleines Fellchen und setzte sich vorwitzig auf Beckys Nasenspitze.

Vollkommen ruhig streckte Becky den Zeigefinger nach dem Buch aus. Mit großer Zärtlichkeit strich sie ein ums andere Mal über die Seiten, die ausgebreitet vor ihr lagen. „Zeige dich, magische Welt.“

Während sie das Papier berührte, fühlte es sich an, als würde sich das glatte Papier unter ihrer Fingerkuppe bewegen, sich dehnen, beinahe platzen. Und tatsächlich! Kaum waren die Worte ausgesprochen, entfalteten sich die Seiten auf wundersame Weise.

„Wahuu! Ich werd verrückt", jaulte Watson und versteckte sich hinter Hugos Rücken.

Immer neue Papierstücke knickten nun auseinander, im Querformat, als Rechteck, als Quadrat, bis schließlich eine riesige Papierfläche entstanden war. Eine Kettenreaktion.

„Bitte, ihr Lieben, bringt mir den Tisch vom Fenster", bat Genoveva. „Ich kann das Buch nicht mehr halten."

Eilig schob Ferdinand einen antiken Schreibtisch, der am Fenster gestanden hatte, zur Gräfin. Sie wuchtete das Buch auf die Holzfläche.

„Seht genau hin, Becky und Hugo", flüsterte Genoveva. „Jetzt beginnt die Karte zu leben. Die magische Welt wird sich uns offenbaren."

Fasziniert beobachteten Becky und Hugo, wie winzige Häuser, Scheunen und Gartenzäune, Büsche und Bäume wie Pilze auf einer Wiese aufplopptten. Ein Fluss, ein großer See, ein Schloss und ein schimmernder Wald wuchsen aus den Buchseiten. Eine winzige, lebendige dreidimensionale Karte der magischen Welt! Ach was, das *war* die magische Welt!

„Dort ist der blaue Nebelwald." Hugo zeigte auf die Miniaturbäume. „Ich erkenne ihn wieder. Becky, riech mal!"

Becky beugte sich über die Karte und schnupperte. „Tatsächlich!" Der Duft von feuchtem Moos und Fichtennadeln krabbelte in ihre Nase. Vögel zwitscherten, ein

Specht hämmerte leise gegen einen Baumstamm, ein gletscherblauer Bach murmelte träge vor sich hin.

„Meine magische Welt", jubelte die kleine Hexe. „Warte nur, ich komme bald zurück!"

„Das ist ... unglaublich." Becky kniff sich in den Arm, um zu prüfen, ob sie nicht träumte. Doch die Karte war noch immer da. Das Abbild der magischen Welt.

„Miaaau!" Pepper sprang auf den Schreibtischstuhl, den Ferdinand vor die Karte geschoben hatte. „Lasst uns anfangen. Es gibt jede Menge zu erklären. Vor allem, wenn euch die Armee der Königin nicht erwischen soll."

Genoveva fächelte sich genervt Luft zu. „Großartig, Katerchen. Ich hatte alles so schön behutsam eingeführt. Und was tust du? Du machst den Kindern Angst."

„Was wahr öst, muss wahr bleiben", meinte Ferdinand. „Dö Reise wörd kein Zuckerschlecken. Aber Becky und Hugo sönd tapfer und schlau. Alles wörd gut."

„Kartenlesen ist hörnchenlangweilig", brummte Lotti. „Ich schlafe lieber eine Runde." Damit rollte sie sich auf dem Sofa zusammen und presste die Pfötchen über die Ohren.

„Liebe Becky, lieber Hugo“, begann Genoveva. „Bisher könnt ihr die Karte schon als Ganzes sehen. Als Miniversion der magischen Welt. Doch wenn ihr vorsichtig auf eine bestimmte Stelle pustet, erscheint diese Gegend noch größer.“ Sie klatschte vor Begeisterung in die Hände. „Bitte versucht es einmal!“

„Mach du!“ Becky knuffte Hugo in die Schulter.

Hugo überlegte. Er beugte sich über die Karte und las ein winziges Holzschild vor: *„Hier ... wohnt ... Mama Huhn ... mit ihrer ... Hühnerschar.“* Er brach in Gelächter aus. „Mama Huhn? Das klingt lustig, das will ich sehen.“ Hugo pustete genau dorthin, wo das Schild stand.

„Alte Filzlaus, eine gute Wahl“, freute sich Pepper. „Die gute Mama Huhn ist sehr wichtig.“

Gebannt beobachteten Becky und Hugo, Watson, die kleine Hexe, die Fellchen und die drei magischen Wesen, was nun passierte: Während sich die übrigen Teile der Karte blitzschnell wieder zusammenfalteten, wurde der Wohnort von Mama Huhn immer größer, bis das Haus und die Scheune die Größe von Beckys kleinem Finger hatten. Und dann passierte das Unglaublichste: Das

Scheunentor öffnete sich und eine ältere Frau mit grauen Haaren, über die sie ein Kopftuch gebunden hatte, einem groben Leinenkleid und geblümten Gummistiefeln spazierte heraus. Gefolgt von einem Dutzend klitzekleiner Hühner.

„*Das* ist Mama Huhn", erklärte Pepper. Der Stolz in seiner Stimme war nicht zu überhören. Er blickte die Kinder bedeutungsvoll an. „Bei der fetten Ratte, sie ist die gute Seele der magischen Welt und unsere wichtigste Vertraute. Bei ihr seid ihr immer sicher. Der Weg zu ihr ist weit, aber ihr müsst sie schnell aufsuchen, wenn ihr dort seid. Die kleine Hexe und viele andere Freunde werden euch helfen."

„Mama Huhn wörd euch dabei unterstützen, dö Könögön zu besögen!“ Ferdinand hieb mit seinem Schwert durch die Luft.

„Ferdinand“, rief Genoveva entrüstet und hielt ihre Perücke fest, „ich muss doch sehr bitten! Um ein Haar hättest du meine Frisur abgesäbelt.“

„Entschuldögung“, murmelte der Blechritter, schlurfte zum Fenster und ließ das Schwert hinter einer samtenen Gardine verschwinden.

Alle wandten sich wieder der Karte zu, auf der Mama Huhn gerade auf einen Dornenbusch neben der Scheune zumarschierte. Die Hühner trippelten im Gänsemarsch hinterher. Mama Huhn hielt inne, blickte nach allen Seiten, dann hinauf zu Becky, Hugo und den magischen Wesen und hielt ihren winzigen Finger an den Mund. Sie kniete sich auf den Boden, wischte mit ihren Händen einige Erdbrocken zur Seite, öffnete eine Klappe, stieg mitsamt ihren Hühnern hinein und winkte.

„Was macht sie da?“, wollte Becky wissen.

„Wofür ist diese seltsame Klappe im Boden?“, fragte Hugo verblüfft.

Genoveva lächelte. „Das, meine lieben Kinder, müsst ihr schon selbst herausfinden.“

3. Kapitel

Buchstaben und Prophezeiungen

Abwechselnd berichteten Genoveva, Pepper und Ferdinand von sicheren und unsicheren Wegen innerhalb der magischen Welt, sie nannten ihnen zahlreiche vertrauenswürdige Wesen, an die sich Becky und Hugo wenden konnten, und andere, die sie meiden sollten.

Nach einer Weile schwirrte Hugo der Kopf. „Becky? Ich passe wirklich genau auf, aber im Kartenlesen war ich nie besonders gut. Also nicht böse sein, wenn ich später die

Hälfte der Orte wieder vergessen habe. Ich schätze, du kannst dir das alles locker einprägen."

„Geht mir genauso", meinte Igor. „Furchtbar anstrengend. Ich muss schlafen gehen."

Herr Nase und die kleine Hexe folgten ihm. Diese Kartenleserei war mühsam.

Becky grinste Hugo an. Er hatte recht: Es fiel ihr leicht, sich Karten, Merksätze oder Jahreszahlen einzuprägen. Aber dafür hatte Hugo andere Begabungen. Immer wieder betrachtete Becky die Karte, tippte hier, vergrößerte dort. Als sie das Gefühl hatte, sich gut in der magischen Welt zurechtzufinden, legte sie das besondere Buch auf den Tisch zurück. Die Karte klappte sich wieder ein und die Seiten glätteten sich.

„Bevor wir aufbrechen, würde ich gern noch einen Blick durch Glimmerias Kristallkugel in die magische Welt werfen", bat Becky. „Ich möchte sehen, wie es den Buxies und Glimmeria geht. Vielleicht brauchen sie Medizin oder irgendetwas anderes. Und wer weiß, ob sie überhaupt noch im Gefängnis sind oder an einem ganz anderen Ort."

„Ach du dicker Katzenfloh, du hast recht! Wir haben gar nicht bedacht, dass sie krank sein könnten oder verletzt oder Schlimmeres!“ Pepper zuckte mit dem Schwanz. Der Gedanke an seine lieben Freundinnen machte ihn unglücklich.

„Ferdinand, wärst du so lieb?“

Genoveva deutete mit dem Fächer auf eine Vitrine. Normalerweise lagerten hier besonders wertvolle Bücher. Aber nun thronte dort Glimmerias Kristallkugel auf einer Unterlage aus rotem Samt. So behutsam es mit seinen Blechhandschuhen ging, nahm Ferdinand die Kugel samt Unterlage aus der Vitrine und trug sie zum Tisch.

Gespannt beugte sich Becky darüber, Watson sprang auf die Lehne des Sofas, um ebenfalls einen Blick zu erhaschen.

Als Becky ihre warmen Hände vorsichtig um die kühle Kugel legte, begann diese allmählich von innen zu leuchten. Zunächst war es nur ein einziger glühender Punkt, winzig wie der Kopf einer Stecknadel. Rasch wurde er größer und immer größer. Schließlich erhellte er das gesamte Innere der Kristallkugel. Die Kugel schien von innen zu glühen, deshalb nahm Becky ihre Hände schnell weg. Als Nächstes färbte sich die Kugel grün, bis ein magisch glitzernder Strudel in der Kugel zu wabern begann, und es erschienen ...

„Buchstaben!“, rief Becky erstaunt. „In der Kugel wirbeln Buchstaben umher ... sie formen sich zu Wörtern.“ Becky versuchte, die Botschaft zu enträtseln. „*Für Becky*, lese ich. Aber ... die Schrift ist so altertümlich, kaum zu entziffern.“ Sie sah bittend zu Glimmeria. „Kannst du helfen?“

Inzwischen war auch Pepper auf die Lehne des Sofas gesprungen und reckte sich direkt hinter Watson in die Höhe. Ferdinand versuchte, seinen Blechkopf nicht zu weit über den Kristall zu beugen. Nicht auszudenken, wäre der Ritterhelm auf die wertvolle Kugel gedonnert!

Hugo drängte sich ebenfalls vor, um einen Blick auf die gläserne Kugel zu werfen.

Genoveva las und hielt sich überrascht beide Hände vor den Mund. Ergriffen sah die Gräfin zu Ferdinand und Pepper. „Meine lieben Freunde, für Becky erscheint hier gerade die uralte Prophezeiung aus der magischen Zauberwelt. Glimmeria hat mir häufig davon erzählt. Die Worte sind ihr im Traum erschienen, doch sie wusste nie, wem sie gelten. Später habe auch ich diese Zeilen ab und zu in einem der uralten Bücher gesehen, habe sie aber immer für eine Illusion gehalten."

„Jetzt sag doch endlich, Genoveva", drängte Becky. „Was liest du in der Kugel?"

Genoveva seufzte. *„Für Becky: Wisse, dass deine Kraft Ketten sprengen kann. Du wirst das Herz der Königin für dich gewinnen und Geschichte schreiben."* Sie nickte Becky zu. „Damit bist *du* gemeint."

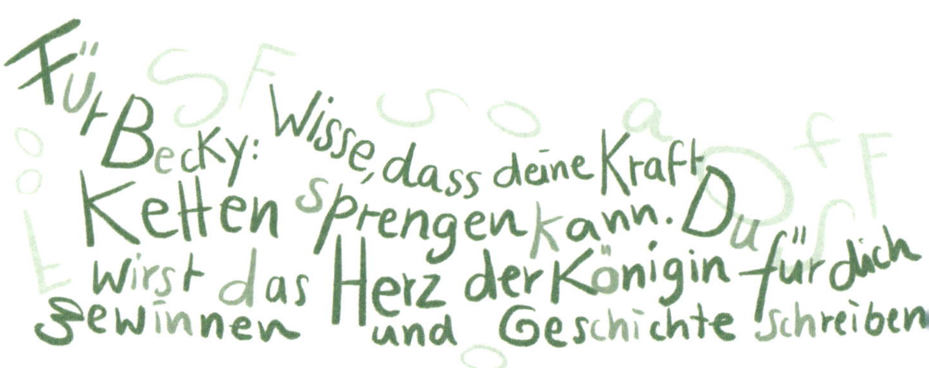

Ferdinand salutierte. „Welche Ehre, Becky. Prophezeiungen zeigen söch nur dem, den es betröfft. Und beim röchtögen Empfänger begönnen dö Buchstaben zu brennen, wenn sö gelesen wurden. So sagt man zumöndest."

„Ach du dicker Rattenschwanz." Peppers Tasthaare bebten. „Soll etwa Becky ...?"

„Lasst mich mal sehen." Becky zog eine Lupe aus ihrer Umhängetasche. Hier verstaute sie, genau wie Hugo, gelesene Bücher, die sie zurückbringen wollte, und jede Menge Detektivutensilien. Als sie sich mit dem Vergrößerungsglas über die Kugel beugte, begannen die Buchstaben zu glühen, als würden sie in Flammen stehen. Becky wich erschrocken zurück. Sie beobachtete, wie die Buchstaben nacheinander dahinschmolzen und der magische Strudel verschwand, bis die Kugel wieder matt und durchsichtig war. Sie sah verblüfft in die Runde. „Was sollte das heißen? *Wisse, dass deine Kraft Ketten sprengen kann. Du wirst das Herz der Königin für dich gewinnen und Geschichte schreiben.*" Der Sinn blieb ihr verborgen. „Ich verstehe überhaupt nichts."

Genoveva tupfte sich eine Träne aus dem Augenwinkel.

„Das können wir dir nicht sagen, Becky. Aber die uralte Prophezeiung gilt dir. Da bin ich sicher."

„Sehr söcher", bestätigte Ferdinand.

Pepper maunzte leise. „Merke dir die Worte, Becky. Wenn die Zeit gekommen ist, kannst du sie verstehen. Auf jeden Fall wirst du die Königin treffen, so viel ist gewiss." Und kaum hörbar murmelte der Kater: „Wie du ihr Herz für dich gewinnen wirst, ist mir allerdings schleierhaft."

Becky starrte auf die Kugel. „Und was ist mit Glimmeria und den Buxies? Warum sind sie nicht in der Kugel erschienen? Können wir es nicht noch einmal probieren?"

Pepper zischte warnend. „Auf keinen Fall, Becky. Die Kristallkugel würde zerbersten, wenn wir sie sofort wieder benutzen." Er miaute traurig. „Ihr werdet euch wohl ohne ein Lebenszeichen unserer Freunde auf den Weg machen müssen."

Genoveva strich sich mit ihren schmalen Fingern nervös

eine Haarsträhne aus dem Gesicht. „Meine lieben, mutigen Kinder ... da wäre noch etwas ..."

„Jaaaaa?", fragte Becky beunruhigt.

Hugo verschränkte die Arme. „Was denn noch, Genoveva?"

Watson und sogar Lotti, die von der Aufregung um die Kugel wieder aufgewacht war, hielten den Atem an. Es war mucksmäuschenstill in der magischen Bibliothek. Nur das Schnarchen von Herrn Nase, Igor und der kleinen Hexe dröhnte durch den Raum.

„Nun." Genoveva zog ihren Fächer aus dem bestickten Beutelchen und wedelte sich Luft zu. „Normalerweise könnt ihr euch in einer Geschichte nur so lange aufhalten, wie euer Leseprozess dauert. In diesem Fall, bei eurer Reise in die magische Welt zum Zwecke der Gefangenenbefreiung, verhält es sich jedoch anders."

Die Kinder sahen die Gräfin verwirrt an, sagten aber nichts.

„Häh?", meinte stattdessen Ferdinand.

„Häh?", setzte Pepper nach. „Was war das denn für ein miaunzig verschwurbelter Satz, Genoveva?"

„Also, ihr zwei macht mich ganz verrückt mit euren *Hähs*", flötete Genoveva. „Ich habe etliche Male erklärt, dass es *Wie bitte?* heißt und ..."

„Schon klar." Pepper schlug gereizt mit dem Schwanz. „Speckige Spitzmaus, nun rede doch nicht so um den heißen Mäusebrei herum." Peppers Tasthaare zitterten, als er um Beckys und Hugos Bein strich. „Ihr könnt nicht nur Wesen aus Geschichten *herauslesen*, wie Becky es beispielsweise mit dem Fehlerteufel gemacht hat. Nein, ihr könnt euch und eure Begleiter auch in eine Geschichte *hineinlesen* und so lange dortbleiben, bis ihr euch wieder herauslesen wollt."

In der magischen Welt …

Du *musst* es tun!" Mit grimmiger Miene erhob sich die Königin aus dem Thronsessel und wedelte mit ihrem Zepter. „Als meinem Untertanen befehle ich es dir!"

„Aber …." Die dunkel gekleidete, schmächtige Gestalt hielt den Blick gesenkt. „Ich eigne mich nicht zum Spion, oh, Königin. Ich bin doch nur ein …"

„Schweig!" Die Stimme der Königin durchschnitt die Stille des Raums wie ein scharfes Schwert. „Niemals darf sich die uralte Prophezeiung erfüllen, denn darin heißt es: *Du wirst das Herz der Königin für dich gewinnen und*

Geschichte schreiben.“ Mit angsterfüllten Augen sah sie die dunkel gekleidete Gestalt an. „Das wäre mein Tod, verstehst du, mein Ende! Ich weiß, dass es bereits einen Versuch gab, in meine Welt einzudringen. Die Räuber aus dem blauen Nebelwald haben mir davon berichtet. Diese Versager! Sie haben die Fremden ziehen lassen, ohne sie mir auszuliefern.“

„Aber Frau Königin“, mischte sich ein Diener ein. „So war es nicht. Die Räuber konnten gar nicht erst handeln, denn die Eindringlinge waren urplötzlich verschwunden und ...“

„Still!“ Das Gesicht der Königin war krebsrot. „Habe ich dich zum Sprechen aufgefordert, Dienstbote? Wie kannst du es wagen, deiner Königin zu widersprechen? Ich sollte dich ins finstere Gefängnis stecken, damit du dort über deine ungehobelte Bemerkung nachdenken kannst. Oder ich lasse dich in den tiefsten Burggraben werfen.“

Gerade wollte sie ihren Kobolden den Befehl geben, den zitternden Diener abzuführen, da hob die dunkle Gestalt den Kopf.

„Verschone ihn, verehrte Königin. Ich kenne deinen Diener gut, wir stammen aus dem gleichen Dorf. Ich tue, was du von mir verlangst, aber sei gnädig mit deinem Diener."

Lächelnd ließ sich die Königin wieder in ihren Thronsessel fallen. „Eine weise Entscheidung. Für deine Tätigkeit werde ich dich fürstlich belohnen. Und – meinetwegen", sie gab dem Diener, der sich eingemischt hatte, das Zeichen, sich zurückzuziehen. „Dieses Mal passiert dir nichts! Aber halte dich künftig mit frechen Bemerkungen zurück."

Beim Hinausgehen lächelte der Diener seinen Retter dankbar an.

Die Königin wandte sich wieder der dunklen Gestalt zu. „Jetzt zu dir: Man munkelt, dass jemand versuchen wird, die Buxies und Glimmeria aus dem Gefängnis zu befreien. Jemand will mich aus der magischen Welt vertreiben und du wirst ihn aufhalten!"

4. Kapitel

Fantasie und Fehlerteufel

Becky und Hugo blickten sich erstaunt an.

„Wir können uns in eine Geschichte hinein- und aus ihr wieder herauslesen? Ganz wie wir möchten?“, flüsterte Becky verzückt.

„Wow!“ Hugo holte tief Luft. „Das hätte ich schon vorher wissen müssen. Dann wäre ich länger in der Geschichte mit den Drachen geblieben, die ich kürzlich gelesen habe.“

„Und ich wäre nicht so schnell wieder aus dem Ozean aufgetaucht", schwärmte Becky. „Dorthin bin ich nämlich gestern mit einer wunderbaren Geschichte abgetaucht."

„Und ... wir können wirklich so lange bleiben, bis wir uns wieder herauslesen?", wollte Hugo noch einmal wissen.

„Wenn öhr das *Buch der Bücher* dabeihabt", erläuterte Ferdinand. „Döses Buch öst der Schlüssel für eine Reise durch Raum und Zeit."

„Für eure Mission braucht ihr sicher eine Weile." Pepper putzte sich die Pfoten. „Am besten versteckt ihr das *Buch der Bücher* gleich zu Beginn und holt es erst wieder aus dem Versteck, wenn ihr abreist."

Genoveva nickte. „So hätte ich das auch gesagt." Sie legte Becky und Hugo je eine Hand auf die Schulter. „Ich denke, ihr seid nun bestens auf eure Reise vorbereitet."

Becky kicherte. „Eine Kleinigkeit habt ihr aber noch

vergessen.“ Sie blinzelte Genoveva, Pepper und Ferdinand der Reihe nach an. „Ihr müsst uns noch verraten, *wie* wir uns hineinlesen können.“

„Aber natürlöch!“ Ferdinand salutierte. „Meine Damen, meine Herren, wö konnten wör das vergessen?“

Genoveva schüttelte den Kopf. „Nicht nur du wirst langsam vergesslich, Pepper. Ich wohl auch.“ Sie seufzte. „Um in eine Geschichte aus der magischen Welt einzutauchen, müsst ihr sie sinnvoll um euch selbst und eure Freunde erweitern. Ihr müsst beim Lesen einfach eine passende Stelle erfinden, in der alle vorkommen, die in die Geschichte eintauchen sollen. Ganz einfach.“

„Ganz ... einfach?“, stammelte Hugo.

Becky winkte ab. „Ach, da fällt mir schon was ein. Inzwischen habe ich so viel gelesen, dass meine Fantasie ständig Achterbahn fährt. Wer weiß, vielleicht werde ich sogar später mal selbst Autorin und schreibe Geschichten.“

„Becky!“, maunzte Pepper hingerissen. „Das wäre katzenstark, mausmäßig köstlich!“

Beckys Wangen färbten sich rot vor Freude.

„Juhuuu! Krötenei und Läusedreck, die Sache ist geritzt. Wir starten in die magische Welt." Die kleine Hexe vollführte mit ihrem Besen einen Salto, bei dem ihr Rabe Figaro das Gleichgewicht verlor, von ihrer Schulter purzelte und ... weich auf dem Rücken von Watson landete, der sich mutig unter den Raben geworfen hatte.

„Ich danke dir, Watson!", rief die kleine Hexe. „Du hast meinen Freund gerettet, das werde ich dir nie vergessen."

„Kräh", machte Figaro, flog wieder auf die Schulter der kleinen Hexe und krallte sich dort fest.

Genoveva hob den Zeigefinger. „In der magischen Welt musst du gut auf Figaro und unsere beiden Freunde achten, kleine Hexe. Du und die Fellchen werden sie als Einzige begleiten. Denn wir drei", sie deutete auf Pepper, Ferdinand und sich, „müssen zum Schutz der Bücher und der magischen Bibliothek hierbleiben."

Lotti plusterte sich auf. „Natürlich komme ich diesmal auch mit.“

„Und ich! Wuff!“, ergänzte Watson.

„Warum eigentlich nicht?“ Hugo beugte sich zu seinem Hund und kraulte ihm den Hals. „Wenn wir uns sowieso hineinlesen müssen, können wir euch auch mitnehmen. Oder, Becky?“

Pepper schlug aufgeregt mit dem Schwanz. „Ach du dicke Ratte. Da gibt es noch jemanden, den ihr unbedingt mitnehmen müsst.“

Alle sahen den Kater irritiert an. Nur Ferdinand schien sofort zu begreifen, schepperte auf seinen Stiefeln zu einer kleinen Besenkammer und kehrte mit Lottis Käfig-Schlösschen zurück. Darin hockte ein wuscheliges blaues Felltierchen mit rundem Kopf und rundem Körper. Der Fehlerteufel, den Becky vor einiger Zeit aus Versehen aus einem Buch herausgelesen hatte.

„O nee, den hätte ich beinahe vergessen.“ Hugo kratzte sich am Kopf. „Den müssen wir ja auch noch zurückbringen.“

„Lasst mich raus, lasst mich sofort hier raus!“, brüllte

das Kerlchen aus Leibeskräften und rüttelte an den Gitterstäben.

„Ganz bestimmt nicht, du kleines Zottelmonster", gab Becky zurück. „Du darfst erst raus, wenn wir angekommen sind."

Verärgert schlug der Fehlerteufel mit den Fäusten auf den Käfigboden und streckte allen die knallrote Zunge heraus. Bis die kleine Hexe neben der Käfigtür landete, nur ein paar Millimeter vom Fehlerteufel entfernt.

„Spinnenbein und Giftpilz. Eins sage ich dir, Fehlerteufel: Wenn du dich nicht anständig benimmst, verwandle ich dich in eine Heuschrecke und verfüttere dich an meinen Raben."

Augenblicklich herrschte Stille im Käfig. Das blaue Zottelwesen machte keinen Mucks mehr.

„Na also", brummte die kleine Hexe. „Geht doch."

Becky grinste. „Danke dir, Hexe. Von mir aus kann es gleich losgehen."

„Gemach, gemach", mahnte Genoveva. „Pepper, Ferdinand und ich halten es für das Beste, wenn ihr eure Reise morgen Vormittag startet. Ihr wisst bereits, dass die

Zeit in der magischen Welt anders vergeht als in dieser Welt. Hugos Mutter und Beckys Vater werden gar nicht merken, dass ihr weg seid."

„Ihr solltet unbedingt heute noch etwas aus den Abteilungen der Buxies und von Glimmeria lesen, bevor ihr startet." Pepper zwinkerte ihnen verschwörerisch zu. „Die Bücher könnten nützlich sein. Und darüber hinaus wird es ihnen guttun, wenn ihr sie lest. Sie sind schon ganz schwach."

Traurig deutete der Kater auf die Werke, die in der Natur spielten, und auf die fantastischen Geschichten. Über den Regalen beider Bereiche lag Nebel, zäh wie Haferschleim.

Genoveva schwebte zu den dunstigen Regalen und fischte zwei feuchte, ziemlich mitgenommene Exemplare heraus. Eines reichte sie Becky, das andere Hugo. „Diese Bücher aus der Abteilung der Buxies und von Glimmeria solltet ihr unbedingt noch lesen. Denn darin steht ... ups ... das darf ich nicht verraten." Sie machte eine Bewegung, als würde sie ihren Mund mit einem Schlüssel verschließen. „Nach den Regeln der magischen Welt sollt ihr möglichst vielen Geheimnissen allein auf die Spur kommen. Deshalb muss auch die Kristallkugel von Glimmeria hier bei uns bleiben."

„In Ordnung." Hugo nickte. „Wir lesen die Bücher heute noch. Und dann sollten wir auch unsere gelesenen wieder zurückgeben und ..."

„Da kommt jemand", kreischte Igor, der vor dem Fenster herumflatterte. „Jemand möchte ins Schloss und hämmert wie wild gegen die Tür. Das spüre ich bis hierher. Es ist ein Junge, in seiner Hand hält er zwei Bücher."

„Ungefähr so alt wie Becky und Hugo. Blonde, ziemlich ungekämmte Haare, trägt ein T-Shirt, Jeans und Fußballschuhe", beschrieb Herr Nase, der ebenfalls vor den Scheiben herumflatterte. „Wir Steinfiguren können sogar ums Eck oder durch Wände hindurchschauen, wenn es sein muss."

„Ich will ihn auch sehen!", rief die kleine Hexe und versuchte, sich mit ihrem fliegenden Besen ans Fenster zu drängen. Allerdings waren die Scheiben so schmutzig, dass sie kaum hindurchsehen konnte.

„Weg da, Igor, Herr Nase und Hexe", knurrte Pepper. „Was, wenn der Gast euch sieht? Einen fliegenden Drachen, einen Knubbelkopf und eine kleine Hexe?"

Eilig entfernten sich die entsteinerten Wandfiguren und die kleine Hexe vom Fenster.

„Menno." Igor stieß eine kleine orangerote Flamme in die Luft. „Nix darf ich."

„Was machst du nur, Igor? Untersteh dich, hier noch ein einziges Mal zu zündeln", schimpfte Genoveva. „Das hier ist eine Bibliothek, kein Feuerspuckertreffen. Hier lagert jede Menge Papier, das brennt wie Zunder! Herrje, am besten, du fliegst schnell mit Herrn Nase nach unten, in Beckys Zimmer. Werdet wieder Steinfiguren und verhaltet euch still."

Herr Nase schmollte, aber das nützte nichts. Er musste Genoveva, Pepper und Ferdinand gehorchen. Igor ebenso.

„Der Besucher dort draußen kann nur Ben sein", meinte Becky zu Hugo. Und zu den magischen Wesen gewandt: „Der Junge, mit dem wir im Park Fußball gespielt haben. Er war ganz begeistert, dass ich ihm zwei Bücher aus unserer Bibliothek geliehen habe. Bestimmt möchte er sie zurückgeben und hoffentlich neue mitnehmen. Darf ich ihn heraufbringen? Er könnte uns beim Lesen helfen."

Die drei magischen Wesen steckten kurz ihre Köpfe zusammen und tuschelten. Dann lösten sie sich wieder voneinander.

„Wir wünschen uns von Herzen, dass hier wieder gelesen wird", erklärte Pepper. „Wir möchten, dass jede Menge Kinder kommen. Also müssen wir es gestatten."

„Allerdöngs bleiben wör löber öm Höntergrund", sagte Ferdinand und kratzte sich mit seinem Blechhandschuh am Kopf.

Genoveva strich dem Blechritter über den Rücken. „Wir magischen Wesen zeigen uns nicht jedem Besucher."

„Okay. Ich lasse ihn rein!" Becky sauste los. Hugo räumte währenddessen die gelesenen Bücher wieder an ihre Plätze. Dann machte er es sich mit dem Buch aus der Abteilung der Buxies auf dem Sofa inmitten der Bibliothek gemütlich. Immer wieder musste er beim Lesen kichern oder laut lachen. Es war eine verrückte Geschichte von sogenannten *Muckis*, kleinen, unglaublich starken Wesen, die auf der *Tintlingswiese* unter unvorstellbar großen Pilzen lebten. Hugo war ganz vertieft in das Abenteuer, als Becky und Ben auf einmal vor ihm standen.

„Mann, war das verrückt. Diese Treppe, die sich von selbst verlängert, ist der Hammer! Da hat sich der Architekt was einfallen lassen." Ben nickte Hugo zu. „Hey, Hugo! Ich dachte, ich schau mal vorbei und hole mir was zum Lesen. Ist ja cool hier."

„Das ist die geheime Bibliothek von Schloss Rosenbolt", erklärte Becky stolz.

„Wieso geheim?" Ben sah sich um. „Meine Tante Beatrice war doch auch schon hier."

Aus den Augenwinkeln nahm Becky Genoveva wahr, die ihren Kopf hinter einem Regal hervorstreckte, als sie Bens Bemerkung hörte. Lächelnd formte sie mit ihren Lippen den Namen *Beatrice* und warf Becky eine Kusshand zu. Mit einer schnellen Handbewegung bedeutete Becky der Gräfin, sich schleunigst wieder zu verstecken.

„Was machst du da?", wollte Ben wissen und drehte sich um.

Genoveva schaffte es gerade noch, den Kopf einzuziehen.

„Ich mache ... gar nichts", gab Becky betont fröhlich zurück. „Was meinst du?"

„Na, dieses Wedeln mit deiner Hand. Ach, vergiss es. Darf ich hier herumlaufen? Ich suche diesmal eine Geschichte, die in einem Schloss, am besten sogar in Schloss Rosenbolt, spielt."

„Warte!", rief Hugo, der Genoveva ebenfalls beobachtet hatte. Jetzt sah er, dass sie ein Buch aus einem der Regale zog, es auf den Boden legte und ihm zuzwinkerte. Hugo sprang hastig vom Sofa auf und zog Ben ein Stück mit sich. „Du ... äh ... wolltest doch wissen, warum die Bibliothek geheim ist. Das liegt daran, dass Erwachsene hier unerwünscht sind. Sie können die Bücher nicht lesen und auch die magi..." Er hielt sich erschrocken die Hand vor den Mund. „Also die Magie nicht spüren, meine ich."

„Klar", sagte Ben, aber man konnte ihm deutlich ansehen, dass er kein Wort verstand.

Becky war inzwischen durch die Bibliothek gesaust und hatte Genoveva zu den Gardinen gescheucht, hinter denen sich bereits Ferdinand und Pepper versteckt hatten.

„Du kannst jetzt kommen!", rief sie Ben zu. „Hab nur kurz nachgesehen, ob nicht zu viel Staub herumfliegt."

Fasziniert lief Ben mit Hugo und Becky von Regal zu Regal. Der Zustand einiger Bücher schockierte ihn.

„Die sehen ja fies aus. Ganz kaputt und zerrissen."

Becky seufzte. „Das ist der Grund, warum wir hier sind. Wenn die Bücher gelesen werden, dann ... na ja, dann sehen sie danach wieder aus wie neu. Klingt komisch, aber es ist so."

„Dann stimmt es also wirklich!" Ben starrte Becky an. „Ich hab schon gedacht, ich spinne. Die beiden Bücher", er deutete auf die zwei Werke, die er immer noch in der Hand hielt, „waren ziemlich im Eimer, als du sie mir gegeben hast. Ich musste erst mal ein paar Seiten ordnen, die rausgefallen waren. Viele Blätter hatten Eselsohren, manche waren richtig verknickt. Aber als ich fertig war und beide Bücher gelesen hatte, da sahen sie aus wie neu!"

Hugo zuckte mit den Schultern. „Pure Magie!“

Ben grinste breit. „Wie viel Lesestoff darf ich mir ausborgen?“ In diesem Moment stolperte er beinahe über das Buch, das Genoveva auf dem Boden platziert hatte. Ben bückte sich, nahm das Buch und las den Text auf dem Umschlag. „Krass! Da liegt zufällig genau das Buch, das ich haben wollte. Eine Abenteuergeschichte, die hier im Schloss Rosenbolt spielt.“

„Was für ein Zufall!“, murmelte Hugo und zwinkerte Becky zu.

5. Kapitel

Blinde Passagiere und Kanonendonner

Am nächsten Morgen lehnte Becky sich an den kühlen, zerfurchten Stamm der alten Kastanie im Schlosspark. Um ihren Hals hing der verzauberte Schlüssel, in ihrem Schoß lag das *Buch der Bücher* und in der Pullovertasche döste Lotti. Neben der Kastanie stand der Käfig mit dem schlafenden Fehlerteufel. Die kleine Hexe hatte das Zottelmonster mit einem Schlafzauber ins Land der Träume gezaubert. Nun schlummerte sie mit ihrem Raben Figaro erschöpft neben den Gitterstäben. Hugo und Becky würden den Käfig bei ihrer Reise in die magische Welt mitnehmen und gut festhalten.

Becky sah zum Schloss. Wo Hugo nur blieb?

„Mama, du musst auf unserer Reise gut auf mich aufpassen", wisperte Becky. „Ich vermisse dich so."

Becky hatte darauf bestanden, den Besuch in die magische Welt unter der alten Kastanie beginnen zu lassen. An diesem Baum, in den Beckys Mama vor Jahren ihren Namen geschnitzt hatte, fühlte Becky sich geborgen. Hier hatte sie beinahe das Gefühl, mit dem Baum zu verschmelzen und seine Energie in sich aufzunehmen. Bestimmt hatte ihre Mama früher auch so dagesessen, ganz bestimmt. Becky verspürte einen Stich in ihrem Herzen, aber zugleich nahm sie auch ein tröstliches Gefühl wahr.

„Können wir?", stieß Hugo völlig außer Atem hervor. Viel zu spät war er mit Watson zum Treffpunkt losgerannt.

„Endlich!" Becky seufzte.

Watson flitzte hinter der Kastanie umher. Dort blieb er

eine Weile verschwunden und tauchte dann wieder auf. „Wuff, wisst ihr eigentlich, dass da hinten ..."

„Wir haben keine Zeit mehr, Watson", unterbrach Hugo ihn ungeduldig. „Wir sind schon zu spät, weil du deinen Knochen nicht schnell genug gefuttert hast."

„Aber hinter der Kastanie ...", versuchte es Watson noch einmal.

Lotti streckte verschlafen den Kopf aus Beckys Pullovertasche. „Nun sei doch mal still, Watson. Sonst muss *ich* immer leise sein, wenn ich zu viel quatsche. Schimmelige Haselnuss. Und jetzt störst *du*. Wir sollten eigentlich schon längst weg sein", zischte sie. „Also Ruhe!"

„Lotti hat recht, Watson", stimmte Becky ihrem Streifenhörnchen zu. „Alle fertig? Dann will ich uns mal in die magische Welt hineinlesen."

Hugo packte den Käfig mit dem Fehlerteufel und gab Watson ein Zeichen, sich neben ihn zu setzen. Genau das tat der Hund mit beleidigter Miene. Dabei sah er immer wieder zur Kastanie hin und jaulte leise. Doch niemand beachtete ihn.

Becky hockte sich mit Lotti und dem *Buch der Bücher*

dazu. Sie tastete nach dem verzauberten Schlüssel unter ihrem Pullover, schlug das Buch auf und blätterte zum Prolog, der Vorgeschichte. Im gleichen Moment stoben die Fellchen zwischen den Seiten hervor. Glücklich über ihre erneute Freiheit wirbelten sie um Becky, Hugo und ihre Tiere herum. Ein besonders kleines Fellchen setzte sich auf Beckys Schulter, während das Mädchen zu lesen begann:

„Am Ende der verzweigten Gedankenstraßen, hinter den schwarzen Bergen und genau am Meer der Fantasie, beginnt die unendlich große, unfassbar weite, geheimnisvolle magische Welt. Doch wer glaubt, der Weg dorthin sei einfach, der irrt! Zunächst muss man den blauen Nebelwald hinter sich lassen, in dem die sieben Räuber ihr Unwesen treiben. Danach führt der Weg über den gestreiften Hügel, am Murmelbach entlang und schließlich zum Tor der magischen Welt. Hier beginnt das Reich der Königin. An dem Tag, als Becky Librum mit ihren Freunden“, sie zwinkerte Hugo verschwörerisch zu, *„das Tor zur magischen Welt durchschritt …“*

Becky spürte, wie das Buch in ihrer Hand zu beben begann und schwer atmete. Statt der Fellchen, die das Buch schützten, schienen auf einmal Nebelschwaden hervorzuquellen und die Umgebung zu verschlucken. Unwillkürlich presste Becky das wertvolle Werk fest an sich.

Dann wurde alles um sie herum schwarz ...

„Becky? Bist du okay?"

Wie durch einen Schleier vernahm Becky Hugos Stimme. Doch was wollte er von ihr? Sie träumte doch gerade so schön. Von duftenden Fichtennadeln, einem murmelnden Bach und einem Moosbett, in dem sie tief schlief. Herrlich!

„Becky, du Pennsuse. Wach auf! Wir sind in der magischen Welt!"

Becky öffnete verschlafen die Augen, streckte sich ausgiebig und gähnte. Direkt hinter ihr floss ein gletscherblauer, rauschender Bach, Vögel zwitscherten und irgendwo hämmerte ein Specht. Becky lächelte verzückt. Genau diese Szene hatte sie schon einmal erlebt, damals, als ... Sie riss die Augen auf.

„Wird auch allerhöchste Zeit, Becky Librum. Wie ich mich freue, dass ihr wieder da seid.“

Als Becky sich aufrichtete, stand der gestiefelte Kater vor ihr. Wie bei ihrem letzten Besuch in der magischen Welt trug er einen Jägerhut, ein rotes Wams mit goldenen Knöpfen und hohe Lederstiefel. Daneben wartete Hugo mit Watson und Lotti. In seiner Hand hielt Hugo das *Buch der Bücher*, das Becky bei der Ankunft in der magischen Welt aus den Händen geglitten war. Um Hugo herum wir-

belten die kleine Hexe mit ihrem Raben Figaro und die Fellchen. Und hinter Hugo stand ... Ben! Er hielt ebenfalls ein Buch in seiner Hand.

„Ben? Was machst du denn hier?“

Hugo lachte. „Er hat hinter der Kastanie auf uns gewartet, als du uns in die magische Welt hineingelesen hast. Er wollte uns unbedingt das Buch zeigen, das er gestern ausgeliehen hat. Als du den Satz mit deinen Freunden vorgetragen hast, ist er samt Buch mit uns hierhergereist.“

„Ein blinder Passagier“, murmelte der gestiefelte Kater.

„O nein!“ Becky wurde blass.

„Keine Sorge“, beruhigte Ben sie, während er das Abenteuerbuch in seiner Hand schwenkte. „Während du noch gedöst hast wie Schneewittchen bei den sieben Zwergen, hat mir Hugo alles über die magischen Wesen und ihre Welt erzählt.“

Hugo blickte Becky vielsagend an. „Nun ja, zumindest *alles*, was für unser Abenteuer wichtig ist.“

„Genau. So viel, dass ich verstehe, wo ich bin und was ihr vorhabt“, gab Ben zurück. „Es ist Glück oder vielmehr

Zufall, dass ich hier bin. Mir ist klar, was das für eine Ehre ist. Ich verspreche, dass ich euer ... *unser* Geheimnis niemals verraten werde."

Becky sah den Jungen skeptisch an. Seine Anwesenheit kam überraschend.

Ben knuffte Becky sachte in die Seite. „Wow, Becky, ich hätte nie gedacht, dass Lesen so spannend sein kann! Und dass ich euch gegen die fiese Königin helfen darf, ist das Größte!"

Becky lächelte. Bens Begeisterung überzeugte sie. Er begriff genau, um was es ging. Um die Magie von Büchern, um das Eintauchen in zauberhafte Geschichten. Je mehr Kinder es gab, die das verstanden, desto besser.

„In Ordnung. Wir können jeden gebrauchen, der uns unterstützt, die Buxies und Glimmeria zu befreien."

„Hört, hört", rief der gestiefelte Kater. „Habt ihr denn diesmal auch den verzauberten Schlüssel dabei?"

„Das würde mich ebenfalls interessieren", flüsterte ein kleiner Käfer, der eine Lampe auf dem Kopf trug. „Sonst wird das wieder nichts."

Plopp! Plopp! Plopp! Mit einem Geräusch, als würde

man den Deckel einer Limonadenflasche öffnen, schoben sich plötzlich farbige Pilze in die Höhe. Nach und nach streckten sie sich, bis sie den Kindern bis zu den Knien reichten. Ben sah die Pflanzen ungläubig an.

„An solche Dinge musst du dich gewöhnen, Ben." Becky kicherte. „Die netten Pilzwesen heißen Ploppser."

„Willkommen, Becky und Hugo und alle anderen. Wir wollen auch wissen, ob ihr den verzauberten Schlüssel gefunden habt!", rief ein quietschgrüner Ploppser.

Wortlos zog Becky das schmale Band, das um ihren Hals hing, unter dem Pullover hervor. An seinem Ende baumelte ein winziger bronzefarbener Schlüssel mit einem zweizackigen Bart und einer Krone am oberen Ende. Kaum hatte Becky ihn in die Höhe gehalten, ertönte lauter Kanonendonner vom Bach. Mit geblähten Segeln kam ein Piratenschiff auf die Versammlung zu und warf neben Becky, Hugo und Ben den Anker aus.

„Schleimiges Seeungeheuer! Becky, Hugo und die kleine Hexe sind wieder da. Und ihr habt Verstärkung mitgebracht." Kapitän Krummsäbel sprang von Bord. Obwohl er kolossal dick war, ein Holzbein und eine Augenklappe trug, war er flott und leichtfüßig. „Wollt ihr mich denn nicht vorstellen?"

„Schön, Sie wiederzusehen, Kapitän Krummsäbel", begrüßte Hugo ihn. Er deutete auf Ben. „Das ist unser Freund Ben." Und mit Blick auf die Haustiere: „Das sind Lotti, das Streifenhörnchen von Becky, und mein Hund Watson."

„Pest und Verwesung, eine stattliche Truppe! Nun, dann kann dieses Mal wohl nichts schiefgehen. Hab schon mit meinem Fernrohr erkannt, dass Becky den Schlüssel dabeihat.“ Kapitän Krummsäbel stutzte kurz und deutete auf Lottis Käfigschlösschen. „Giftiger Seeigel, dieses kleine blaue Monster kenne ich doch. Das ist der Fehlerteufel!“

„Lasst mich raus“, brüllte der kleine blaue Kerl wie auf Kommando.

Becky nickte. „Leider hatte ich ihn vor einiger Zeit aus einer Geschichte herausgelesen. Aber nun ist er wieder in seiner Welt. Es ist wohl an der Zeit, dass wir ihn aus seinem Käfig lassen, oder?“

„Auf keinen Fall“, polterte die kleine Hexe. „Er muss auch etwas für uns tun. Schließlich habe ich jede Menge zaubern müssen, um seine Fehler wieder zu beheben. Ohne Gegenleistung bleibt er in seinem Käfig.“

„Vergiss es!“, quiekte das blaue Kerlchen. „Fehlerteufel machen so was nicht. Satz mit x, das wird nix.“

Dieser vorlaute Kerl! Mit Schaudern erinnerte sich Becky daran, wie viel Ärger der Fehlerteufel in Schloss Rosenbolt verursacht hatte. Angefangen hatte es mit dem Brief, den Hugo und sie an Beatrice Schnabel, die Freundin ihrer Mama, geschrieben hatten. Der Fehlerteufel hatte die Nachricht zu komplettem Quatsch umformuliert. Später hatte er auch noch das Essen von Molly völlig ungenießbar versalzen.

„Du willst also nichts für uns tun, Fehlerteufel? Bist du sicher?“ Die kleine Hexe hob drohend ihren Hexenstab. *„Fledermaus und modriger Schlüpfer, aus dem Fehlerteufel werde sofort ein Gras…“*

„Stopp! Bloß kein Grashüpfer“, brüllte der Fehlerteufel. „Nicht zaubern. Ich mache alles, was ihr sagt.“

„Geht doch“, meinte die kleine Hexe und sah in die Runde. „Was soll er für uns tun?“

Der gestiefelte Kater rieb sich die Pfoten. „Wie wäre es, wenn er ein bisschen Verwirrung unter den sieben Räubern stiften würde? Ich wette, dass die Kerle bald hier auftauchen.“

„Da könnt ihr Gift drauf nehmen, beim Enterhaken“,

donnerte Kapitän Krummsäbel. „Im ganzen Land erzählt man sich, dass die böse Königin schon auf euch wartet. Alle sind angehalten, sie zu unterstützen."

Wie gut, dass Genoveva, Ferdinand und Pepper ihren Freunden Becky und Hugo jede Menge Vertraute genannt hatten, auf die sie sich verlassen konnten.

„Ich kann mir vorstellen, dass die Königin Muffensausen hat, wenn Becky wirklich mit der uralten Prophezeiung gemeint ist." Hugo zuckte mit den Schultern.

Kapitän Krummsäbel und der gestiefelte Kater sahen Becky voller Ehrfurcht an.

„*Wisse, dass deine Kraft Ketten sprengen kann. Du wirst das Herz der Königin für dich gewinnen und Geschichte schreiben*", murmelte der gestiefelte Kater. „Die uralte Prophezeiung! Davor fürchtet sich die Königin seit Jahren."

Becky lief ein Schauer über den Rücken.

„Husch, husch! Zieht endlich los." Eine kleine Raupe schnappte sich ihren Koffer, den sie neben Becky abgestellt hatte. „Sonst wird es hier gleich ungemütlich."

„Ungemütlich?", keckerte Lotti. „Ich mag es nicht, wenn es ungemütlich wird. Gemütlich ist viel schöner. Beckys

Bett ist sehr gemütlich und ich weiß gar nicht, warum ich da nicht einfach dringeblieben bin ..."

„Lotti!", knurrte Watson. „Wau, wau! Halt dein Plappermaul!"

„Guruh, guruh! Hallo, ihr da unten! Ich bin Gwendolyn. Genoveva hat euch sicher von mir erzählt", gurrte eine weiße Taube von einem Ast.

Eine zweite tauchte hinter einem Blatt auf. Ihr weißes Federkleid leuchtete im Sonnenschein, nur ein kleiner grauer Fleck am Hals unterschied sie von Gwendolyn. „Mein Name ist Gwinny. Auch ich gehöre zu den fliegenden Postboten."

Überrascht sahen alle nach oben. Ferdinand, Pepper und Genoveva hatten ihnen berichtet, dass die beiden Tauben ihre zuverlässigen Freunde seien. Und als Postboten unschlagbar flink. Aber sie so schnell zu treffen, machte die Kinder sprachlos.

„Gwendolyn und Gwinny, Genoveva hat so von euch

geschwärmt. Sie hat gesagt, dass wir uns auf euch verlassen können", rief Becky erfreut. „Könnt ihr den Buxies und Glimmeria Bescheid geben, dass wir da sind?"

Gwendolyn nickte. „Ruh, ruh! Ich fliege sofort los und informiere sie. Guruh ... Wenn ich bis zu ihnen durchkomme und die Diener der bösen Königin mich nicht aufhalten."

Damit erhoben sich die beiden Tauben in die Luft und schwirrten davon.

Doch für Becky, Hugo und ihre Freunde war es zu spät zum Aufbruch. Aus dem blauen Nebelwald drang bereits Kampfgeschrei. Die Räuber waren im Anmarsch!

„Was machen wir jetzt?", fragte Ben. „Das hört sich gefährlich an."

„Sollen wir nicht lieber abhauen?", überlegte Hugo laut.

Watson nickte. „Wuff, wuff. Guter Plan."

„Das schaffen wir nicht mehr. Dann ... müssen wir eben den Fehlerteufel einsetzen", sagte Becky. „Er soll Verwirrung stiften, wie du vorgeschlagen hast, Kater. Die Räuber müssen alle Befehle falsch ausführen. Und zwar zu unserem Vorteil."

„Zauberhaft!“ Die kleine Hexe klatschte begeistert in die Hände und flog zum Käfig. „Hast du gehört, Fehlerteufel? Du hast versprochen, uns zu helfen.“

„Eins, zwei, drei, das wird ’ne Räuberei“, feixte der Fehlerteufel. „Heidenspaß!“

Kaum hatte Hugo die Käfigtür geöffnet, sauste der Fehlerteufel wie ein Wirbelwind in den blauen Nebelwald. Becky, Hugo, Ben und ihre Freunde beobachteten, was nun passierte.

Der Boden begann unter ihnen zu beben und sechs wilde Kerle mit langen Bärten und zerzausten Haaren stampften auf sie zu. Alle waren bis an die Zähne bewaffnet. Allerdings waren ihre Gesichter nicht grimmig oder Angst einflößend. Ganz im Gegenteil! Die sechs Räuber grinsten, winkten und lachten. Hinter ihnen tappte ein großer, baumlanger Kerl mit Schlapphut, der ununterbrochen vor sich hin murmelte. Der Räuberhauptmann!

„Wir sollen euch *begrüßen*!“, jauchzte der erste Räuber und fiel Hugo um den Hals.

Ein weiterer klatschte sich mit Ben ab. „Jawoll, begrüßen!“

„Nein, ihr solltet drohend in die Luft *schießen*“, wimmerte der Räuberhauptmann.

„Lasst uns ein bisschen *schnacken*!“, rief ein dritter Räuber, zog den überraschten Hugo neben sich aufs Gras und plapperte fröhlich auf ihn ein.

„Nicht schnacken, ihr solltet sie *packen*“, jammerte der Räuberhauptmann.

Zwei weitere Räuber hakten sich vorsichtig bei Becky unter – der eine rechts, der andere links – und trugen sie zu einer duftenden bunten Blumenwiese.

„Hier gibt es sicher keine schlimmen *Brennnesseln*“, flüsterte der eine mit einem Augenzwinkern.

„Das darf doch nicht wahr sein“, brüllte der Räuberhauptmann entnervt. „Wer sagt was von Brennnesseln? Ihr solltet sie verdammt gut *fesseln*!“

Der sechste Räuber schließlich baute sich vor der Gruppe auf. „Meine Aufgabe ist es, für euch zu *singen*.“ Er öffnete den Mund und begann laut und schief ein Räuberlied zu trällern.

Das war zu viel für den Räuberhauptmann. Weinend ließ er sich ins Gras fallen. „Nicht für sie singen, hatte ich gesagt, sondern sie *zur Königin bringen*. Heute versteht ihr mich alle falsch. Ich mag nicht mehr."

Becky, Hugo, Ben, der gestiefelte Kater, die kleine Hexe und Kapitän Krummsäbel lachten. Sie konnten sich schon denken, warum die Räuber heute alles falsch verstanden. Und tatsächlich winkte vom blauen Nebelwald der Fehlerteufel und verschwand auf Nimmerwiedersehen.

6. Kapitel

Tintlinge und Mo

Es dauerte nicht lange, bis Becky und ihre Freunde die sieben Räuber überredet hatten, sich ihnen anzuschließen. Thore, der Räuberhauptmann, war schockiert, dass Glimmeria und die Buxies seit Wochen im Gefängnis versauerten.

„Eingekerkert! Bei Wasser und Brot!", polterte Kapitän Krummsäbel. „Beim Pottwal, da kommen sie ohne unsere Hilfe nicht mehr raus!"

Thore ballte die Fäuste. „Bei solchen Ungerechtigkeiten werde ich ärgerlich."

Glimmeria, so gestand der wilde Kerl, war nämlich die Lieblingsfee seines Räuberkinds. Und für diese Frau würde er kämpfen!

„Zusammen mit den sieben Räubern sind wir schon zwölf. Den gestiefelten Kater, Kapitän Krummsäbel, Becky, Hugo und mich eingerechnet", meinte Ben zufrieden und erntete für seine Worte einen Sturm der Entrüstung.

„Wahuuuu! Zählen wir Tiere etwa nicht?", beschwerte sich Watson. „Ich bin der beste ..."

„Wadenbeißer, den es gibt", vollendete Lotti seinen Satz. „Bei der knackig frischen Walnuss!" Schwungvoll hüpfte sie auf den Rücken des Hundes und schlang die Pfötchen um seinen Hals. „Mein lieber Freund, wie recht du hast! Das ist hörnchenfies von dir, Ben."

„Richtig gemein!", schimpfte die kleine Hexe. „Wo bleiben Figaro und ich in deiner Zählung?"

„Und wir Fellchen", säuselte ein kleines Exemplar.

Ben seufzte. „Tut mir leid. Wie konnte ich mich nur so blöd verzählen? Natürlich gehört ihr alle zum Team."

Becky streichelte Lotti über das wuschelige Fell. „Alle zählen gleich. Mensch, Tier oder magisches Wesen. Ben hat es nicht böse gemeint. Vergesst nicht, dass er ganz neu als Bücherretter unterwegs ist. Euch Wesen kennt er eben noch nicht so gut."

„Wir sollten aufbrechen", forderte Räuberhauptmann Thore. „Zum Tor zur magischen Welt."

„Mast- und Schotbruch, ich schippere mit meiner Mannschaft auf dem Murmelbach hinter euch her", erklärte Kapitän Krummsäbel. „Am Tor treffen wir uns wieder."

Becky beobachtete, wie der Piratenboss auf sein kleines Schiff stieg.

Hugo, Becky, Ben, der gestiefelte Kater und die Räuber mussten den kurvenreichen Weg über den Hügel nehmen. Auf der einen Seite hinauf, auf der anderen wieder hinunter.

Die Räuber polterten vor und neben ihnen her. Lotti ritt voller Stolz auf Watsons Rücken. Die Fellchen und die kleine Hexe sausten voran, um nachzusehen, ob ihnen unterwegs jemand auflauerte.

„Puh, geschafft.“ Hugo atmete schwer, als sie endlich an der Mauer zur magischen Welt angekommen waren. Immer wieder hatte er sich mit Becky beim Tragen des *Buches der Bücher* abgewechselt.

„Da ist das Tor!“, rief Ben.

Golden leuchtete das Portal mit dem großen Schlüsselloch in der Mittagssonne, ein paar hübsche blaue Riesenschmetterlinge hockten zwischen den Verzierungen. Daneben plätscherte der Murmelbach, auf dem schon das Piratenschiff vor Anker lag. Kapitän Krummsäbel und seine Piraten hielten auf Deck einen Mittagsschlaf.

„Bläulinge“, knurrte Thore mit einem Blick auf das goldene Tor, zückte seine Räuberpistole und gab ein paar Schüsse in die Luft ab.

Sofort stoben die Schmetterlinge auseinander und verschwanden in alle Richtungen. Aber auch Becky, Hugo, Ben, Watson und Lotti bekamen einen fürchterlichen

Schreck. Nur die Räuberbande, die Piraten und der gestiefelte Kater verzogen keine Miene.

„Thore! Was sollte das?“ Becky stemmte die Hände in die Hüften.

„Bläulinge sind die Boten der Königin“, zischte die kleine Hexe, die über der Gruppe schwebte. „Verlogene Biester. Die hat sie geschickt, um uns zu beobachten.“

„Ich musste sie mit Warnschüssen loswerden.“ Der Räuberhauptmann grinste. „Müssen nicht alles mitkriegen, diese Spione!“

Jetzt erinnerte sich Becky wieder, dass Pepper sie und Hugo im Schloss vor den Bläulingen gewarnt hatte. So schön und so harmlos sie auch aussahen: Die Biester können fies zustechen. Wie hatte sie das nur vergessen können?

„Entschuldigt bitte.“ Becky blickte in die Runde. „Danke, dass ihr so gut aufpasst.“

„Jetzt der Schlüssel!“, rief Lotti ungeduldig. „Steck ihn ins Schloss, Becky. Dann können wir durch das Tor laufen und die Welt betreten.

Wer hätte gedacht, dass so ein kleiner Schlüssel in dieses riesige Schloss passt. Jetzt kannst du loslegen, Becky."

„Gern." Becky lachte. „Wenn du eine Redepause machst, Lotti."

Die kleine Hexe vollführte eine Schraube mit ihrem Besen. „Öffne das Tor, Becky. Dahinter findet ihr Drachen und Riesen, Schlösser und Königreiche, Feen und Einhörner und Hexen. Es geht durch dunkle Moore, tiefe Täler und bunte Sommerwiesen. Die magische Welt steckt voll Wunderlichem und Wundersamem und jeder Menge Fantastischem."

Behutsam legte Becky den Schlüssel in ihre warme Hand und umschloss ihn mit der Faust. Im selben Augenblick streckte und dehnte sich der Schlüssel, wurde größer und ragte über Beckys Handfläche hinaus.

„Unfassbar", staunte Ben.

Kraftvoll steckte Becky den Schlüssel ins Schloss und drehte ihn. Inzwischen hatte sich sein dumpfer Bronzeton in glänzendes Gold verwandelt. Mit einem leichten Knacken sprang das Tor einen Spaltbreit auf. Sofort stürmten die sieben Räuber, Hugo, Ben und der gestiefelte Kater hinein. Die Piraten waren von Deck gesprungen und folgten. Doch sie hatten nicht damit gerechnet, dass sie hinter dem Tor bereits erwartet wurden. Im hellen Sonnenlicht marschierte ihnen ein Trupp Kobolde entgegen. Offensichtlich waren sie von der bösen Königin geschickt worden, um die ungebetenen Gäste zu empfangen.

Als Lotti sie erblickte, huschte sie in Beckys Pullovertasche. „Du schimmelige Haselnuss! Ich tauche lieber ab!"

„Becky, Hugo und Ben", brüllte Thore, während er seine Räuber Richtung Kobolde schickte. „Wir halten die Kobolde der Königin auf. Ihr müsst zu den Muckis, die können euch helfen. Befreit die Buxies und Glimmeria!"

„Donner und Doria!", rief Kapitän Krummsäbel. „Versteckt als Erstes das *Buch der Bücher* gut. Ihr braucht es, um wieder nach Hause zu kommen. Doch es ist zu schwer, um es die ganze Zeit mitzuschleppen. Ihr habt die Karte doch im Kopf, habt ihr gesagt. Beim Pottwal, sucht die Tintlingswiese. Wir treffen uns spätestens am Schloss der Königin wieder!"

Mit diesen Worten wandte er sich ab und warf sich mit seinen Männern, den sieben Räubern, dem gestiefelten

Kater, der kleinen Hexe und Figaro johlend den Kobolden entgegen.

„Wir können unsere Freunde doch nicht hier zurücklassen!“, rief Becky.

„Thore hat recht.“ Hugo griff nach Beckys Hand. „Wir müssen weiter. Lasst uns einen sicheren Ort für das Buch suchen.“

Becky öffnete das Buch ein wenig. „Schnell, ihr Fellchen. Huscht in euer Buch, dort seid ihr sicher.“

Ein libellenähnliches Tier nach dem anderen verschwand zwischen den Seiten.

„Da fällt mir was ein! In der Mauer habe ich einen losen Stein gesehen“, erinnerte sich Ben. „Vielleicht können wir das Buch dort verstecken und den Stein davorschieben. Mal sehen, ob mein Abenteuerbuch auch noch reinpasst."

Schnell liefen sie zu der Stelle, die Ben erspäht hatte. Tatsächlich reichte der Spalt gerade aus, um zumindest das *Buch der Bücher* dahinter zu verbergen und mit einem steinigen Bruchstück zu verschließen. Dass Becky und ihre Freunde dabei von einer Gestalt auf einem Flugobjekt beobachtet wurden, ahnten sie nicht ...

„Sieht gut aus, das merkt keiner", flüsterte Hugo. „Im Buch aus der Abteilung der Buxies habe ich alles über die Muckis gelesen. Sie wohnen unter Pilzen, sind freundlich, stark und scheu. Pepper hat gesagt, dass sie uns Schutz für die Nacht geben. Weißt du noch den Weg zur Tintlingswiese? Ich kann mir Karten doch so schlecht merken."

Becky konzentrierte sich. Vor ihrem inneren Auge sah sie wieder die Karte aus dem *Buch der Bücher*, darin den Weg zur Tintlingswiese. „Wir müssen nach links, durch die Wogenden Felder und an den Zuckerwattebäumen vorbei. Folgt mir!"

„Wuff, weg da!"

Einem Kobold, der sich ihnen in den Weg stellen wollte, biss Watson kräftig ins Bein. Jammernd ließ sich der Kerl auf den Boden fallen, die drei Freunde und Watson eilten an ihm vorbei. Dabei sahen sie noch, wie die kleine Hexe über den bewaffneten Kobolden schwebte, ihren Hexenstab schwenkte und einen nach dem anderen in niedliche Mäuschen verwandelte.

Becky, Hugo und Ben liefen, bis ihnen die Füße wehtaten. Die Wogenden Felder ließen sie hinter sich und machten erst eine Pause, als sie die Zuckerwattebäume erreichten.

„Hm, wie das duftet." Ben legte das Abenteuerbuch auf den Boden und zupfte mit seinen Fingern Zuckermasse von einem Baum. „Und wie das schmeckt!"

Hungrig stopften sich auch Becky und Hugo die Süßigkeit in den Mund.

Lotti, die aus Beckys Pullover geschlüpft war, schlug enttäuscht mit dem Puschelschwanz. „Hörnchenfies. Wieso hängen da keine Nüsse?“

Becky kramte in ihrer Hosentasche und holte Sonnenblumenkerne heraus. „Hier, du Motzhörnchen.“

„Wuff! Und ich?“, wollte Watson wissen.

Hugo streichelte ihn. „Tut mir leid. Ich habe keine Leckerlis in der Hosentasche.“

„Was für ein Hundeleben!“ Enttäuscht rollte sich Watson unter einem Zuckerwattebaum zusammen.

Als sie genug gegessen hatten, ließen sich auch Becky, Hugo, Ben und Lotti im Schatten nieder. Allerdings nur für einen Moment, dann mahnte Hugo zum Aufbruch.

„Wohin jetzt, Becky? Ich habe völlig die Orientierung verloren.“

Ben hob beide Arme. „Ich bin raus, ich habe die Karte nie gesehen.“

Becky nickte. „Ich müsste dringend etwas trinken. Die Zuckerwatte hat mir mein Hirn verklebt. Ich kann mich gar nicht konzentrieren. Ob es hier irgendwo Wasser gibt?“

„Willkommen, Fremdlinge. Benötigt ihr Hilfe?“, hörten sie plötzlich eine Stimme, die aus dem Himmel zu kommen schien.

Als Becky, Hugo, Ben, Watson und Lotti nach oben sahen, schwebte da ein fliegender Teppich. Mit einem dunkel gekleideten Jungen, der besonderen Kopfschmuck trug. Im Schneidersitz thronte er auf seinem ungewöhnlichen Transportmittel und winkte den Kindern zu.

Becky war fassungslos. Ein Junge auf einem Teppich? Es war, als wäre er dem Märchenbuch aus Glimmerias Regalen entstiegen, das Becky gerade gelesen hatte. Oder besser – sie hatte es lesen wollen, nachdem Genoveva es ihr in die Hand gedrückt hatte. Nur leider war Becky darüber eingeschlafen und deswegen nicht viel weiter als ein paar Seiten gekommen. Verflixt! Sie erinnerte sich zwar noch an das Umschlagbild des Buches, das den Jungen samt Teppich gezeigt hatte, doch der Name fiel ihr absolut nicht mehr ein. Sie wusste auch nicht, ob er nett oder gemein war. Oder ob seine Geschichte gut oder schlecht ausging. Hätte sie doch nur weitergelesen!

„Wuff", bellte Watson feindselig.

Der Junge auf dem Teppich lachte. „Sei auch du gegrüßt, Hundefreund. Ich komme in friedlicher Absicht. Mein Name ist Mo!"

Im Verborgenen ...

Dankbar und hungrig pickte die Taube das Futter, das Glimmeria für sie gezaubert hatte. Körner lagen auf dem kleinen Tisch im Gefängnis, um den vier Stühle für die Gefangenen standen. Während die Taube futterte, streichelte die hübsche Fee mit den silbernen Haaren und dem zartrosa Kleid hingebungsvoll über das Federkleid des Vogels. Sie liebkoste den Kopf und den kräftigen Rumpf und strich dem Tier über die Flügel.

„Dies ist der schönste Tag seit langer Zeit", flüsterte Glimmeria. „Rettung naht. Ich danke dir für deine Botschaft, liebe Taube. Endlich erfüllt sich die alte Prophezeiung."

„Und es sind drei Kinder, die gekommen sind?", wollte Madame Rose wissen.

Die Taube gurrte zustimmend.

„Das wird niemals reichen, um uns zu befreien", jammerte Lady Greenie. „Kinder!? Warum konnte Ferdinand nicht kommen? Oh, ich fühle mich schon wieder ganz matt."

Lady Botterblom wedelte ihr mit einem Fächer kühle Luft zu. „Du musst fest daran glauben, dass die Kinder unsere Retter sind. Ferdinand hat es uns in der Tränenbotschaft mitgeteilt. Und Genoveva hat es bestätigt."

Glimmeria nickte. „Das Mädchen ist die Retterin der magischen Bibliothek und der Bücherwelt. Sie muss unglaublich tapfer und mutig sein, ganz gewiss!"

Lady Greenie betrachtete die weiße Taube nachdenklich. „Eine schmale weiße Taube und drei Kinder. Gegen die garstige Königin und eine Armee von Rittern." Tränen rannen über ihr Gesicht. „Seid mir nicht böse, aber ich muss mich einen Moment ausruhen." Mit diesen Worten ließ sie sich auf ihr Bett fallen, schloss die Augen und zog die mottenzerfressene Decke über sich.

Madame Rose seufzte. „Die Arme. Das Gefängnis setzt ihr furchtbar zu. Sie schläft fast nur noch."

Glimmeria streute noch eine Handvoll Körner vor die Taube, stand auf und lief zum Bett von Lady Greenie. „Greenie, hör mir zu. Du darfst dich nicht dem Trübsal hingeben. Drei Kinder und eine Taube, ganz genau. Doch sieh dir diese Taube an. Den ganzen weiten Weg vom blauen Nebelwald bis hierher ist sie ohne Pause geflogen. Die Habichte der Königin wollten sie aufhalten, doch sie hat sie abgeschüttelt. Hat unterwegs nichts getrunken und kein Futter zu sich genommen. Nur, um uns diese Botschaft zu verkünden."

„Hmm", erklang es unter der Decke.

Glimmeria stemmte die Hände in die Hüften. „Und unter diesen drei Kindern ist das Mädchen, das in der uralten Prophezeiung genannt wird. Sie hat sich in unsere Geschichte hineingelesen. Zusammen mit ihren Freunden. Also wenn das nicht wahre Größe zeigt. Greenie, hör mir zu. Sie ist hier, hier bei uns in der magischen Welt!"

Unter der Decke bewegte es sich. Lady Greenies Kopf kam zum Vorschein, ihre Augen fixierten die schimmernde Fee.

„Und ... du meinst wirklich, dass sie uns befreien kann? Dieses eine, besondere Mädchen?"

„Prophezeiungen lügen nie", rief Lady Botterblom. „Sie wird das Herz der bösen Königin gewinnen!"

„Und sie wird uns befreien. So wahr ich eine Fee bin und auch ohne Kristallkugel immer noch Dinge vollbringen kann", erklärte Glimmeria. Sie drehte sich auf dem Absatz, beschrieb einen Kreis in der Luft und auf einmal war die Zelle voll weißer Tauben. Sie gurrten, ruckelten mit den Köpfen, schnäbelten und putzten sich. Als die Taube aus dem blauen Nebelwald ihre Artgenossen sah, schlug sie erfreut mit den Flügeln.

„Ich danke dir, Glimmeria", gurrte die Taube. „Nun habe ich wieder Kraft, um zu dem Mädchen und ihren Freunden zurückzufliegen. Jetzt sind wir viele, niemand kann uns aufhalten."

„Niemand", wiederholte Glimmeria leise. „Sag allen, dass auch wir bereit sind. Auf Wiedersehen, ihr Täubchen!"

„Adieu!", rief Madame Rose ergriffen.

„Lasst euch nicht aufhalten", wies Lady Botterblom die Vögel an.

„Alles wird gut, ganz bestimmt", wisperte Lady Greenie und warf die Decke von sich. „Nein, ihr habt recht. Ich sollte mich für meine Verzweiflung schämen. Aber jetzt, jetzt schwöre ich: Ich gebe nicht auf. Niemals!"

7. Kapitel

Wunderlampen und Muckis

Der fliegende Teppich von Mo entpuppte sich als Wundertüte. Kaum war der Junge neben Becky und ihren Freunden gelandet, kamen sie sich vor wie im Schlaraffenland. Mo bat sie, auf seinem Flugobjekt Platz zu nehmen und mit ihm zu speisen. Alle nahmen sein Angebot gern an. Mo hatte nicht nur einen ledernen Schlauch mit Quellwasser dabei, sondern auch Feigen, Birnen, Fladenbrot, Trauben, Nüsse und Würstchen.

„Wuff, das waren die leckersten Würstchen, die ich je gefuttert habe.“ Watson stupste Mo begeistert an. „Danke, Mo.“

Lotti hielt bereits ihre sechste Nuss zwischen den Pfötchen und sah Mo mit ihren Murmelaugen an. „Wer mir Nüsse bringt, ist mein Freund. Nüsse und Weintrauben liebe ich sehr. Man könnte glatt sagen, dass es meine liebsten Speisen sind. Natürlich nur, wenn ich …“

Hugo hielt dem Streifenhörnchen vorsichtig das Maul zu. „Ist gut, Lotti.“

Ben riss sich ein weiteres Stück Fladenbrot ab und wandte sich an Mo. „Sag mal, Kumpel, wo kommst du eigentlich her? Bist du zufällig hier vorbeigekommen?“

Becky spitzte die Ohren. Während die anderen noch mit Essen und Trinken beschäftigt waren, hatte sie ihren Hunger und Durst längst gestillt. So fiel nur Becky auf, dass Mo bei seiner Antwort merkwürdig blass wurde. Oder bildete sie sich das nur ein?

„Also … ob mich meine Reise … ähm … zufällig in eure Nähe geführt hat?“, stotterte der Junge. Mit einem schnellen Handgriff zog er einen verschlissenen Umhang zu sich, der wie ein gefaltetes Päckchen hinter ihm lag. Daneben hatte Ben sein Abenteuerbuch abgelegt. „Natürlich, beim Barte des Propheten. Selbstverständlich." Mo hatte sich wieder gefasst. „Ich war tausendundeine Nacht unterwegs von Ali Baba und den vierzig Räubern zu Aladin und seiner Wunderlampe."

„Die gibt es wirklich?", fragte Ben.

„Genauso wie es Dschinns und Kalifen und Wunderlampen gibt." Mo lachte. „Zweifelst du daran? Du befindest dich in der magischen Welt, Ben. Von hier stammen all die fantasievollen und wunderbaren Geschichten, die in deiner Welt seit Generationen erzählt werden."

Becky hob den Kopf. „Gibt es in der magischen Welt denn eigentlich viele Jungen auf fliegenden Teppichen?"

„Einige schon." Mo hob die Brauen. „Wieso fragst du?"

„Ach, nur so." Becky schob sich ein paar Weintrauben in den Mund, um nichts mehr sagen zu müssen.

Hugo räusperte sich. „Du, Mo ... blöde Frage, aber ... wie viele kann dein fliegender Teppich eigentlich tragen?"

Mo sah in die Runde. „Es wäre mir eine Ehre, euch begleiten zu dürfen. Wohin führt euch euer Weg?"

„Zu den Muckis. Da sollen wir nämlich schnell hin", antwortete Hugo wie aus der Pistole geschossen.

„Ihr wollt die Pilzleute aufsuchen?" Mo legte den Kopf schief. „Was ist euer Begehr?"

Ben wollte gerade losplaudern, doch Becky warf ihm, Hugo, Watson und Lotti einen vielsagenden Blick zu. *Verratet bloß nichts!*, sollte das heißen. Verflixt, hatten Ferdinand, Genoveva und Pepper nicht gesagt, dass sie niemandem trauen sollten? Und jetzt erzählten sie dem fremden Jungen alles, was sie für sich behalten sollten.

Mo wartete das Schweigen einen Augenblick ab. „Ihr misstraut mir. Was ich euch nicht verdenken kann, denn in der magischen Welt regiert eine böse Königin. Sie könnte jede Menge Spione auf euch ansetzen." Er stand auf und verbeugte sich. „Doch warum einen einfachen Jungen wie mich? Ich bin so alt wie ihr, bin nicht besonders stark. Politik und Macht interessieren mich nicht, mein Leben ist ein Märchen. Und die gehen fast immer gut aus. Warum also sollte ich nicht euer Freund sein?"

„Genau. Warum nicht?" Ben knuffte Mo kumpelhaft in die Schulter. „Ich finde dich cool."

Hugo nickte, Watson bellte zustimmend und Lotti stopfte sich zufrieden ihre nächste Nuss in den Mund.

Becky biss sich nachdenklich auf die Unterlippe. „Na gut, dann reisen wir eben mit dir durch die Luft."

Mit offenen Mündern lagen Becky, Hugo und Ben wenig später auf dem fliegenden Teppich, streckten die Köpfe über den fransigen Rand und ließen sich den Wind um die Nase pfeifen. Lotti hatte sich an Beckys Hals gekuschelt und lugte ab und zu nach unten. Watson hielt die Augen geschlossen. Diese Höhe war ihm nicht geheuer.

Unter ihnen lagen weite Täler, in denen Einhörner grasten. Der Teppich sauste über Berge, aus deren Höhlen die Schwanzspitzen von mächtigen Drachen lugten. Er schwebte über einen flaschengrünen See, in dem eine Familie von Seeungeheuern planschte. Prunkvolle Burgen und Schlösser tauchten auf und verschwanden wieder. Sie überflogen Dörfer, in denen Märchenwesen aller Art wohnten, und Hexenhäuser, aus deren Kaminen sich dichte dunkle Rauchschwaden in den Himmel kringelten.

Mo hatte sich so auf dem Teppich platziert, dass sowohl die Kinder als auch Watson und Lotti seinen spannenden Geschichten aus Tausendundeiner Nacht lauschen konnten. Und das taten sie nur zu gern, denn Mo hatte eine wunderbar weiche Stimme. Er konnte Gefühle erzeugen, Stimmungen heraufbeschwören und Gedanken zum Klingen bringen. Die Zeit verging wie im Flug.

Als die Sonnenstrahlen schwächer wurden und die Abenddämmerung einsetzte, steuerte Mo den Teppich auf eine Mooswiese am Rande eines Moores zu. Die Wiese war von mannshohen Pilzen mit glockenförmigen Hüten übersät. Fast bis zum Boden reichten die Pilzdächer.

„Sind das echte Pflanzen?", fragte Ben. „Die sehen wie Häuser aus."

Hugo nickte. „Die Muckis wohnen unter den Tintlingen.

Genau so stand es in meinem Buch aus den Buxie-Regalen. Hätte nie gedacht, dass wir das wirklich erleben."

„Geduldet euch noch einen Augenblick, meine Freunde", sagte Mo. „Ich halte Ausschau nach einem geeigneten Landeplatz."

Je tiefer Mo mit seinem Teppich kam, desto deutlicher wurde die Größe der Tintlinge. Unter beinahe jedem Pilz konnte eine Kleinfamilie wohnen.

Kaum hatte Mo sein Gefährt sanft auf eine moosige Stelle gelenkt, flitzten von allen Seiten kräftige, muskulöse Kerlchen mit spitzen Ohren und langen Bärten auf den Teppich zu. Auf ihren Köpfen trugen sie pilzähnliche Kappen. Die Muckis!

„Wollt ihr hier?", rief eine Muckifrau mit dicken Zöpfen.

„Seid ihr wer?", quietschte ein junger Mucki.

Eine ganze Horde von Pilzleuten hatte sich um den Teppich versammelt und bestaunte die Reisenden.

Becky setzte Lotti auf ihre Schulter und verbeugte sich leicht vor den Muckis. „Ich bin Becky Librum, die ..."

„Retterin der Bücher und unserer gesamten magischen Welt", beendete ein breitschultriger Mucki mit weißem Rauschebart ehrfürchtig den Satz. Man sah ihm sofort an, dass er das Oberhaupt der Pilzwesen war. In seinen zerfurchten Händen hielt er einen gedrechselten Holzstab und auf seiner Schulter saß ...

„Gwinny!" Hugo hatte die weiße Taube an ihrem grauen Fleck am Hals gleich erkannt.

Der alte Mucki nickte. „Gwinny hat uns bereits berichtet. Becky, Hugo und Ben kommen. Mit ihren Tieren. Und der da?"

Das Oberhaupt der Muckis deutete mit einem Finger auf Mo. „Ist wer?"

„Das ist Mo", antwortete Ben. „Er ist ... unser Freund."

Die Muckis steckten ihre Köpfe zusammen, tuschelten und wisperten. Immer wieder sahen sie Mo an und flüsterten sich erneut etwas zu. Becky wurde heiß und kalt. Was bedeutete das? Kannten sie den Teppichjungen?

Schließlich wandte sich das Oberhaupt der Muckis wieder an die Reisenden. „Bin ich Mandu. Euer Freund sei auch unser Freund. Könnt die Nacht hier verbringen. Besser so. Räuber und Piraten sind gefangen oder geflohen. Sieht nicht gut aus für uns."

„*Uns?*" Sorgenfalten wurden auf Beckys Stirn sichtbar. „Meinst du alle Wesen, die die Buxies und Glimmeria befreien wollen? Die Gegner der bösen Königin?"

„Psssst!"

„Leise, Feind hört mit."

„Still! Sogar Bäume haben Ohren!"

Ein Konzert von gemurmelten und gewisperten Aufforderungen, ja nicht weiterzusprechen, brach unter den Muckis aus.

Becky nickte und blickte zu Lotti, die in ihren Armen döste. „Wir danken euch, dass wir hier schlafen dürfen. Wir sind sehr müde. Allerdings ...", sie beugte sich ganz nah zu einem der spitzen Ohren von Mandu, „sollten wir besprechen, wie es weitergeht. Wir brauchen einen Plan!"

„Was hast du gesagt?“, wollte Hugo neugierig wissen.

„Ich habe Mandu nur einen lieben Gruß von Genoveva ausgerichtet“, meinte Becky. „Nichts weiter.“

Becky, Hugo, Ben, Mo und die Tiere wurden in einem hübschen Pilzhaus untergebracht, in dem ein paar Muckis eilig vier Hängematten aufhängten. Außerdem deckten sie einen Tisch mit Tellern voller Köstlichkeiten, stellten einen Napf mit Fressen, Wasser für Watson und Kerne für Lotti hin.

„Ich kann kaum mehr was essen“, meinte Ben. „Der Tag heute war so aufregend. Ich lege mich hin. Und ihr?“

Becky trat Hugo unter dem Tisch gegen das Schienbein, damit er den Mund hielt. Stattdessen antwortete Becky: „Wir bleiben noch ein bisschen wach. Nur kurz.“

Mo betrachtete die beiden Kinder eine Weile. Er sah zu Watson, der sich auf den Boden gekuschelt hatte, dann verschwand auch er in seiner Hängematte und zog sich die Decke bis zur Nasenspitze. Als Mo laut und gleichmäßig atmete, gab Becky Hugo das Zeichen, ihr zu folgen. Wortlos führte sie ihn zu einem mächtigen Tintling in der Nähe und gab ihm das Zeichen, unter das Dach zu schlüpfen. Becky folgte und gemeinsam standen sie in einem breiten Raum, in dem es lediglich ein großes Bett, einen Tisch und drei Stühle gab. Auf einem der Stühle saß Mandu.

„Becky und Hugo, willkommen. Müsst vorsichtig sein", brummte das Oberhaupt der Muckis. „Verräter sind unterwegs. Kapitän Krummsäbel und seine Leute sind im Gefängnis. Auch Thore und Teile seiner Bande."

Becky schlug die Hand vor den Mund. „Aber ... wir schaffen das nicht allein! Wer kann uns denn helfen, zum Schloss der Königin zu kommen? Wir brauchen Unterstützung!"

Mandu lächelte. „Alle Muckis kommen dorthin. Wer Buxies und Glimmeria ins Gefängnis wirft, ist böse. Wollt ihr euch schützen, achtet auf Vorahnungen. Bemerkt Zufälle. Richtet eure Augen auf Ungewöhnliches."

Becky verspürte ein Kribbeln. Mandus Worte waren weise gewählt, er wollte ihr etwas sagen, ohne es konkret auszudrücken. Zumindest hatte Becky dieses Gefühl. „Werden wir die böse Königin gemeinsam besiegen können, Mandu?"

Der alte Mucki schüttelte den Kopf. „Wir Muckis reichen nicht. Brauchen Unterstützung von den sieben Zwergen. Euer nächstes Ziel. Eine kleine Weile mit dem Teppich."

Hugo nickte. „Ich glaube, auf der Karte im *Buch der Bücher* war kein Ort eingezeichnet, an dem die sieben Zwerge wohnen."

Noch bevor Mandu antworten konnte, flüsterte Becky: „Wer sind die Verräter? Weißt du etwas, Mandu?"

Der greise Mucki hob die eisgrauen Brauen. „Keiner weiß etwas. Keiner hat Ahnung."

„Verdächtigst du wieder Mo?", wollte Hugo wissen.

Becky stützte den Kopf auf die Hände. „In der magischen Bibliothek hat mir Genoveva extra ein Märchenbuch aus Glimmerias Regalen in die Hand gedrückt. Stell dir vor, es handelt von einem Jungen auf einem fliegenden Teppich."

„Und?"

„Ich habe mir leider nur das Bild auf dem Umschlag eingeprägt, aber nicht darin gelesen. Das ärgert mich jetzt." Becky seufzte. „Bestimmt hat mir Genoveva das

Buch nicht grundlos gegeben. Vielleicht hätte ich nach dem Lesen gewusst, ob wir Mo trauen können ..."

Ein schabendes Geräusch, das von draußen kam, ließ die Kinder aufhorchen. „Was war das?", flüsterte Hugo.

In Beckys Ohren hatte es geklungen, als würde jemand um Mandus Tintling herumschleichen.

Mandu schloss die Augen. „Kann alles sein. Tier. Tintling, der sich bewegt. Wind, der weht." Er strich Becky sanft über die Hand. „Legt euch hin. Wird euch guttun."

Als Becky und Hugo nach ihrem geheimen Gespräch wieder in ihr Pilzhaus schlichen, schliefen alle tief und fest. Die friedliche Stimmung, die hier drinnen herrschte, ging sofort auf die beiden Kinder über. Becky und Hugo waren schon bald im Land der Träume.

So bemerkte keiner, dass Mo lautlos aus seiner Hängematte schlüpfte und ins Freie huschte. Noch in dieser Nacht bestieg er heimlich seinen Teppich, stahl sich für ein paar Stunden davon und kehrte erst im Morgengrauen zurück. Als Becky, Hugo, Ben, Watson und Lotti aufwachten, lag Mo längst wieder in seiner Hängematte. Als wäre er nie weg gewesen.

8. Kapitel

Sieben Zwerge und ein Spion

Wir haben so ein Glück, dass wir mit deinem Teppich reisen können." Ben lag bäuchlings auf der weichen Unterlage und betrachtete die Umgebung.

Gerade flogen sie über einen ausladenden Baum, an dessen Zweigen zahlreiche Silberglöckchen hingen. Vom Wind bewegt, schwangen sie hin und her und schickten ihre hohen Töne in die Luft, wo sie sich in alle Himmelsrichtungen verteilten.

„Das ist der Wunschbaum der Feen“, erklärte Mo. „Für jeden Wunsch, den eines dieser Fabelwesen erfüllt hat, hängt ein Glöckchen im Baum.“

Hugo grinste. „Als ich ein kleiner Junge war, habe ich mir auch mal etwas von der Gute-Nacht-Fee gewünscht ...“

„Ach ja?“ Becky sah ihn überrascht an. „Was denn?“

„Mein Wunsch liegt hinter dir.“ Hugo zeigte auf Watson.

„Wuff, wuff. Dann hängt wohl auch für uns ein Glöckchen im Wunschbaum“, brummte Watson. „Das gefällt mir sehr.“

„Gibt es nur diesen einen Wunschbaum?“, wollte Ben wissen.

Mo lächelte. „Er ist der einzige in der gesamten magischen Welt.“

„Wie schön!“ Becky dachte sofort an ihre Mama. Wenn sie einen Wunsch frei hätte, dann ...

Lotti schien Beckys Gedanken zu spüren. Das Streifenhörnchen sprang auf ihre Schulter und rieb den weichen Kopf an Beckys Wangen. „Kopf hoch. Alles wird gut.“

Becky lächelte dankbar. „Meine süße Lotti!“

Mit gemächlichem Tempo schwebte der Teppich weiter über Wiesen, Wälder, Bäche und Moore.

Nach einiger Zeit robbte Hugo langsam zur Mitte, wo Mo – wie immer – im Schneidersitz neben seinem zusammengerollten Umhang saß und die Umgebung beobachtete.

„Sag mal, kann es sein, dass wir heute ziemlich langsam vorankommen?“ Hugo setzte sich neben Mo. „Mandu hat gesagt, dass wir nicht besonders lang bis zu den sieben Zwergen brauchen. Aber jetzt sind wir schon ewig unterwegs. Irgendwie hab ich das Gefühl, dass wir im Kreis fliegen.“

„Mann, das tun wir auch!“ Ben deutete nach unten. „Wir fliegen gerade wieder über den Wunschbaum. Was ist los, Mo? Hast du den Weg vergessen?“

Becky richtete ihren Blick auf Mo. In seinen Augen machte sie Verzweiflung und Angst aus. Aber weshalb? „Gibt es ein Problem, Mo?“

Der Junge sah Becky flehend an, dann schüttelte er sich, als würde er aus einem Traum erwachen. „Ich hatte wohl kurz die Orientierung verloren. Aber sorgt euch nicht, meine Freunde, wir sind gleich da.“ Er deutete mit dem Finger nach vorn. „Dort ist der Berg, in dem die sieben Zwerge nach Erz schürfen und ihr Häuschen haben.“

Zögerlich ließ Mo den Teppich am Fuß des Berges aufsetzen. Von hier schraubte sich ein kurviger Trampelpfad in die Höhe. Oben am Berg konnten Becky und ihre Freunde schon das Zwergenhaus erkennen.

„Dann los!“ Becky sprang vom Teppich und marschierte davon.

„Nicht so schnell, Becky!“, rief Mo ihr hinterher. „Ihr habt es doch nicht ... so furchtbar eilig.“

Becky drehte sich erstaunt um. „Wie kommst du darauf? Glimmeria und die Buxies warten auf uns. Schon lange. Es wird allerhöchste Zeit!“

„Kommst du nicht mit, Mo?“, fragte Ben.

Der Junge mit dem Turban schüttelte den Kopf. „Ich komme nach. Ich muss noch ... meinen Teppich ausklopfen. Damit er wieder ... gut fliegen kann.“

Hugo, Ben und Becky warfen sich verdutzte Blicke zu. Manchmal war Mo ein bisschen seltsam.

Mit großen Schritten stapfte Hugo los, Watson rannte vor ihm her, gefolgt von Lotti. Becky und Ben folgten eilig. Mit jedem Schritt, den die Kinder machten, wurde es leiser. Kaum ein Vogelschrei war zu hören, kein Eichhörnchen kletterte die Bäume hinauf, selbst die Geräusche von Beckys, Hugos und Bens Schuhen wirkten gedämpft. Je näher sie dem Zwergenhaus kamen, desto ruhiger wurde es. Als würde die magische Welt den Atem anhalten.

„Irgendwas stimmt hier nicht." Becky sah sich lauernd um.

Ben nickte. „Das Gefühl habe ich auch."

Watson und die neugierige Lotti waren inzwischen schon weit vorausgelaufen. Als Erster der Kinder erreichte Hugo die Ebene, auf der das windschiefe Haus der sieben Zwerge stand. Entsetzt blieb er stehen und starrte auf die Wiese vor den Stufen des Gebäudes. Dort lagen die Zwerge auf dem Boden, verschnürt zu handlichen Paketen. Einer neben dem anderen. Auf der Treppe hockte das gefesselte Schneewittchen.

Johlend stürmten auf einmal Dutzende Kobolde hinter den Bäumen hervor. Ein Kerlchen packte Watson mit einer Hand und steckte ihn in einen Gitterkorb.

„Wuff, wuff. Hilf mir, Hugo“, drang das dumpfe Jaulen des Hundes durch das Geflecht.

Ein zweiter Kobold schnappte sich Lotti. Das Streifenhörnchen biss verzweifelt um sich, schlug mit dem Schwanz, fuhr seine Krallen aus. Aber auch Lotti hatte keine Chance. Achtlos wurde sie ebenfalls in einen Gitterkorb gesteckt und der Deckel geschlossen.

„Das ist eine Falle“, brüllte Hugo. „Kehrt sofort um, Becky und Ben!“

Doch es war zu spät. Von allen Seiten stürmten die Kobolde der bösen Königin auf die Kinder zu. Beinahe hätten sie die drei Freunde gepackt und wahrscheinlich genauso verschnürt wie die sieben Zwerge und Schneewittchen. Da erklang ein Sirren am Himmel und eine bekannte Stimme rief:

„Springt auf, Becky, Hugo und Ben. Beeilt euch!“

Es war Mo. Geschickt steuerte er den Teppich so nah an die Bergkante, dass die drei Freunde mit einem großen

Satz aufspringen konnten. Sofort jagte der Junge mit dem Turban den Teppich außer Reichweite der Kobolde.

Die Kinder waren gerettet.

Als sie hoch oben am Himmel schwebten und das Gefühl hatten, beinahe die Wolken berühren zu können, atmeten Becky, Hugo und Ben wieder durch.

„Das war eine wirklich fiese Falle", keuchte Hugo. „Ich wünschte, ich hätte Watson irgendwie retten können. Mein armer Hund!"

„Diese hinterlistigen Kobolde! Wie gemein sie mit Lotti umgegangen sind", stieß Becky hervor. „Jemand hat uns verraten. Ein Spitzel der Königin."

Ben ballte die Fäuste. „Wenn ich den erwische!"

Mo schwieg. Dann murmelte er leise: „Wohin soll ich fliegen? Was ist euer nächstes Ziel?"

Becky verengte die Augen zu schmalen Schlitzen. Das mulmige Gefühl, das sie die ganze Zeit gehabt hatte, wurde übermächtig. Und der Verdacht, den sie schon länger hegte, war auf einmal so klar, dass sie nicht mehr schweigen konnte.

„Bist du der Verräter, Mo?", fragte sie freimütig.

„Becky!“, platzte es aus Hugo heraus.

Ben sah Becky empört an. „Jetzt sag doch was, Mo. Du bist unser Freund. Sag ihr, dass du so was auf keinen Fall machen würdest, und …“

Doch der Junge auf dem Teppich schwieg.

„Da habt ihr es. Schweigen ist auch eine Antwort“, stellte Becky fest.

„Quatsch“, brummte Ben. „Mo muss sich konzentrieren, damit er uns in Sicherheit bringen kann. Immerhin sind wir gerade den fiesen Kobolden entkommen.“

„Genau.“ Hugo nickte. „Er hat uns gerettet. Wie kannst du ihn da für einen Verräter halten, Becky!?“

Statt einer Antwort legte Becky sanft die Hand auf Mos Schulter. Und als wäre er ein Ballon, aus dem die Luft entweicht, sackte der Teppichjunge in sich zusammen.

„Becky hat recht." Mo hielt den Blick starr auf den Himmel gerichtet, als würde er mit *ihm* sprechen. „Ich bin der Verräter. Der Spion der bösen Königin. Ich habe sie in der vergangenen Nacht heimlich besucht und euer nächstes Ziel verraten. Und heute wollte ich euch irgendwie vor dem Zugriff der Kobolde retten, indem ich Zeit vertrödelt habe. Leider hat es nicht geklappt." Er blinzelte beschämt. „Es gibt keine Entschuldigung für mein Verhalten. Ich kann euch nur sagen, dass es mir leidtut."

„Leidtut?" Hugo brüllte so laut und aufgebracht, wie Becky ihn noch nie erlebt hatte. „Die Kobolde haben meinen Hund gefangen. Und Lotti. Vielleicht werden wir sie nie wiedersehen."

Ben schlug verärgert mit der flachen Hand auf den Teppich. „Und die sieben Zwerge und Schneewittchen. Was werden die Kobolde mit ihnen machen? Wie konnten wir dir nur vertrauen? Du bist so ein mieser Lügner, Mo!" Mit zitternden Händen strich Ben über seine Hose.

Während die beiden Jungen sich von Mo abwandten und in die Ferne starrten, blickte Becky dem Jungen ins Gesicht. Tränen rannen Mos Wangen hinunter, während er weiter stocksteif auf seinem Teppich saß und Fluganweisungen gab. Nur ab und zu nestelte er an dem verschlissenen Umhang herum, der wie immer neben ihm lag.

Auf einmal verstand Becky, dass Mo nicht aus Eigennutz gehandelt haben konnte. Wie bei den spannenden Fällen, die sie in den Detektivbüchern aus der magischen Bibliothek gelöst hatte, zählte sie eins und eins zusammen: Mo hatte sie gerade vor den Kobolden gerettet, obwohl er die Freunde zuvor verraten hatte. Plötzlich wurde Becky klar, dass er sie bei ihrem Gespräch mit Mandu belauscht und alle Informationen weitergetragen hatte. Daraufhin musste die böse Königin ihre Kobolde in Bewegung gesetzt haben zu den sieben Zwergen und Schneewittchen. Um dort auch die Kinder und ihre geliebten Tiere einzufangen. Becky seufzte enttäuscht. Gut, sie hätte im Schloss bereits alles über den Jungen auf dem fliegenden Teppich lesen können. Dann wären Watson und Lotti nicht gefangen worden, auch die sieben Zwerge und Schneewittchen nicht. Doch auch so gelang es ihr mühelos, die richtigen Schlüsse zu ziehen und Hinweise zu kombinieren. Und vielleicht war es sogar besser, dass sie Mo damit die Chance geben konnte, ihnen alles zu erklären.

„Warum hast du das getan?“ Becky rutschte ganz nah zu Mo.

Mo schluckte. „Ich wollte das nicht, das musst du mir glauben, Becky. Aber weil ich der Herr über den Teppich und ... ein Kind bin, hat mich die böse Königin zu sich ins Schloss gerufen. Sie hat wohl geahnt, dass ihr mir eher vertrauen würdet als einem Erwachsenen. Ich habe ihr gesagt, dass ich das nicht machen will. Ich habe noch nie jemanden verraten, beim Barte des Propheten, das schwöre ich!“ Mo sah Becky verlegen an. „Bei unserem Gespräch hat sich ein Diener eingemischt, was die Königin sehr erzürnt hat. Ich habe mich für ihn eingesetzt, weil er sonst verbannt worden wäre oder im Gefängnis gelandet oder Schlimmeres. Du musst wissen, dass es ein junger Kobold aus meinem Dorf war. Ich kenne ihn gut.

Die Königin hat mir ihr Wort gegeben, den Diener zu verschonen, wenn ich euch ausspioniere."

Becky drückte Mos Hand. „Ich wusste, dass du lügst. Aber ich habe auch gespürt, dass du ein gutes Herz hast, Mo. Jetzt bleibt dir sowieso nichts anderes übrig, als dich uns anzuschließen. Und darüber bin ich sehr froh."

Sie blickte zu Hugo und Ben, die sich zwar inzwischen zu ihnen umgedreht, aber nicht am Gespräch beteiligt hatten.

„Mo ist ab jetzt auf unserer Seite", erklärte Becky. „Wir fliegen an den Butterweichen Felsen vorbei und über den Smaragdgrünen See. Dort beginnen die Weizenfelder von Mama Huhn."

In der magischen Bibliothek …

Watson und Lotti sind gefangen!“

Genoveva stieß einen spitzen Schrei des Entsetzens aus. Sofort waren Ferdinand und Pepper neben der Gräfin und sahen ebenfalls voller Sorge in Glimmerias Kristallkugel.

„Ich hatte dir doch gesagt, dass du die Kristallkugel in Ruhe lassen sollst“, schimpfte Pepper. „Jede Neuigkeit aus der magischen Welt regt dich nur auf.“

„Das regt mich auf?“ Genovevas Augen blitzten. „Unsere Freunde sind den Feinden in die Hände gefallen. Das sollte uns nicht nur aufregen, sondern entsetzen. Empören. Erzürnen!"

„Genoveva spröcht weise Worte", schepperte Ferdinand. „Wör sötzen hör fest und unseren Freunden geht es an den Kragen."

„Beim Sahnehering, ihr habt ja recht", ereiferte sich Pepper. „Aber ... aber ... Becky, Hugo und Ben sind offensichtlich nicht gefangen worden. In sie sollten wir unsere Hoffnung setzen."

„Herrje!" Genoveva tupfte sich Tränen aus den Augenwinkeln. „Wir muten den armen Kindern zu viel zu, Pepper. Nicht auszudenken, wenn ihnen etwas passieren würde. In *unserer* magischen Welt!"

Pepper hob den Schwanz in die Höhe. „Die magische Welt ist ein guter Ort. Kinder in aller Welt können sich an die zahlreichen Orte träumen, die es dort gibt. Mit den magischen Wesen, die dort leben, können sie Abenteuer erleben und Freundschaften schließen. Sie können Ängste überwinden, Mut, Kraft und Freude erleben." Pepper sah in die Runde. „Meine lieben Freunde, die böse Königin und ihre Kobolde sind nur ein kleiner Teil der magischen

Welt. Und ich bin sicher, dass sich das Gute durchsetzt. Glaubt fest daran, dann wird Becky, Hugo und Ben nichts passieren."

Genoveva neigte den Kopf. „Mein lieber, außerordentlich kluger Pepper. Wie weise du bist! So ist es – wenn sich das Böse, auch die bösen Gedanken, in unserem Leben ausbreiten, sind wir verloren. Wer aber an das Gute glaubt, wird mit Liebe und Freundschaft belohnt. Es ist überall das Gleiche. In dieser und in der magischen Welt."

Ferdinand nickte so heftig, dass sein Helm donnernd auf den Boden knallte. Aber diesmal störte sich niemand an dem Lärm, den der Blechkopf verursachte. Alle waren in Gedanken ganz woanders. Bei Becky und Lotti, Hugo und Watson, bei Ben, Glimmeria und den Buxies.

9. Kapitel

Bergtrolle und Mama Huhn

Bis die Kobolde mit ihren Gefangenen im Schloss ankommen, werdet ihr längst dort sein."

Mama Huhn, an deren Tisch Becky, Hugo, Ben und Mo Platz genommen hatten, lächelte aufmunternd. Kaum waren die Kinder neben dem Schild mit der Aufschrift *Hier wohnt Mama Huhn mit ihrer Hühnerschar* gelandet, hatte die alte Dame sie mit Kuchen, Saft und Obst versorgt. Zwar war der Flug über die Butterweichen Felsen und den

Smaragdgrünen See traumschön gewesen, aber am Ende knurrten doch allen die Bäuche und sie hatten fürchterlichen Durst gehabt. Auf keinen Fall hatten sie unterwegs landen wollen, überall konnten Kobolde oder andere Untergebene der bösen Königin lauern.

„Woher wusstest du, dass wir kommen, Mama Huhn?“, fragte Becky.

Nachdem sie beim Essen zugelangt hatte, sah sie wieder frisch aus. Auch die kurze Unsicherheit der Kinder nach dem Überfall der Kobolde hatte sich gelegt, denn die heimelige Atmosphäre im Haus von Mama Huhn wirkte beruhigend.

Mama Huhn strich sich eine graue Haarsträhne aus dem Gesicht. „Gwinny hat euch angekündigt.“

Von draußen pickte eine weiße Taube an die Fensterscheibe. Mama Huhn öffnete und ließ Gwinny hinein. Die Taube flatterte zu den zahlreichen Hühnern, die überall in Mama Huhns Haus herumruckelten. Zwischen einem honigbraunen

Huhn und einem bunten Hahn ließ Gwinny sich nieder und pickte ein paar Körner vom Boden. Mama Huhn griff in eine Schale mit Sonnenblumenkörnern und warf den Hühnern weiteres Futter zu.

Becky schniefte. „Mein Streifenhörnchen Lotti liebt diese Körner. Wo sie Lotti wohl hingeschleppt haben? Hoffentlich haben sie ihr nichts getan."

„Keine Angst, Becky. Euren Tieren wird die Königin nichts anhaben." Sie wuschelte Becky liebevoll durchs Haar. „Sie weiß genau, dass ihr Watson und Lotti befreien wollt und deshalb ins Schloss kommen werdet. Aber sie weiß nicht, dass es ... nun ja, sagen wir mal ... eine Abkürzung gibt. Durch sie spart ihr viel Zeit."

„Begleitest du uns nicht?", wollte Hugo wissen.

Mama Huhn klopfte auf ihren Gehstock. „Ich bin nicht mehr besonders gut zu Fuß, ich komme lieber nach. Doch ich habe treue Begleiter für euch ausgewählt. Außerdem warte ich noch auf mein ... Flugobjekt."

Mo strahlte. „Du hast auch einen fliegenden Teppich? Oder jemanden, der dich auf einem Teppich zum Schloss bringt?"

„Nicht ganz", sagte Mama Huhn lächelnd, wurde dann aber gleich wieder ernst. „Ihr solltet jetzt aufbrechen. Zu gern hätte ich noch mit euch geplaudert und etwas von meinen guten Freunden Pepper, Genoveva und Ferdinand erfahren. Aber das holen wir nach."

„Mama Huhn?" Beckys Stimme war nur ein Flüstern. „Was ist mit der Königin passiert? Warum hat sie sich so verändert?"

„*Wisse, dass deine Kraft Ketten sprengen kann. Du wirst das Herz der Königin für dich gewinnen und Geschichte schreiben.*" Mama Huhn sah Becky tief in die Augen. „Wenn du die uralte Prophezeiung erfüllst, wirst du auch das Geheimnis der bösen Königin lüften."

„Aber ... woher weißt du von der Prophezeiung?", wunderte sich Becky. „Und dass *ich* damit gemeint bin?"

„Ich bin keine einfache Bäuerin. Der Hühnerhof und mein Name *Mama Huhn* sind Tarnung. Ich sehe Dinge, die anderen verwehrt bleiben. Und ich höre Dinge, die andere nicht hören." Ein wenig steif erhob sie sich von ihrem Platz. „Im Schloss werden euch unsere Leute den Rücken freihalten, dann kann sich Becky zur Königin aufmachen. So wird sich die uralte Prophezeiung erfüllen und wieder Frieden in der magischen Welt einkehren." Sie legte ihre knochige Hand auf Mos Schulter. „Ihr könnt diesem Jungen hier trauen. Er wird euch nicht mehr verraten, das sehe ich in seinem Herz."

Mo blickte Mama Huhn dankbar an. „Hiermit schwöre ich feierlich, dass ich Becky, Hugo und Ben nie mehr betrügen werde. Freunde?"

Becky nickte ihm als Erste zu, Hugo folgte. Ben war noch immer sauer, dass er sich so in Mo getäuscht hatte.

Da knuffte ihm Hugo in die Seite. „Nur wer verzeihen kann, zeigt wahre Größe. Hab ich mal in einem Buch gelesen. Also?"

„Ich sag ja immer, dass Bücher schlau machen." Ben grinste. „Meinetwegen, Mo. Freunde!"

Mama Huhn wiegte ihren Kopf hin und her. „So ist es gut, Kinder. Brecht jetzt auf. Vertraut den Bergtrollen. Sie wissen, dass ihr kommt."

„Moment, ich muss noch meinen Umhang holen." Mo flitzte zu seinem Teppich, den er vor dem Haus platziert hatte, und legte sich den Umhang um.

„Wofür brauchst du deinen Umhang? Es ist doch warm?“, wunderte sich Becky.

„Man kann nie wissen“, gab Mo zurück.

Mama Huhn lief voraus zu einem Dornenbusch neben der Scheune. Die Hühner trippelten im Gänsemarsch hinterher, Becky, Hugo, Ben und Mo folgten. Mama Huhn

hielt kurz inne, blickte forschend nach allen Seiten und hielt den winzigen Finger an den Mund. Dann kniete sie sich auf den Boden, wischte mit ihren Händen einige Erdbrocken zur Seite, öffnete eine Klappe und bedeutete den Kindern hineinzusteigen.

„Das haben wir doch schon einmal erlebt, Hugo“, meinte Becky verwundert.

Hugo nickte. „Als wir mit Pepper, Genoveva und Ferdinand die geheime Karte im *Buch der Bücher* angesehen haben."

„Ist das ein Geheimgang? Verrückt!" Ben konnte es nicht glauben. „Oder ... nicht verrückt, sondern ... märchenhaft?"

Hugo kletterte als Erster in den Schacht, die anderen folgten. Ihre Beine schlotterten, die Hände waren feucht vor Aufregung. Jeder von ihnen hielt sich an dem morschen Handlauf aus Eisen fest, der neben den Stufen angebracht war. Ein muffiger Geruch kam aus dem Schacht. Kaum waren sie ein paar Meter in die Tiefe gestiegen, loderten mit einem Mal Fackeln entlang der Treppe auf.

„Wie von Geisterhand entzündet." Becky griff nach Mos Hand.

Während sie die steile, lange Treppe hinabstiegen, hörten die vier Freunde ein feines Murmeln, Kichern und Wispern. Doch kein magisches Wesen war zu sehen.

„Ob das die Bergtrolle sind?“ Schaurige Schatten flimmerten über Hugos Gesicht.

Unwillkürlich musste Becky lachen. „Du siehst selbst schon aus wie ein Bergtroll!“

Als sie am Ende der Treppe auf einem runden, aus Lehm gestampften Platz ankamen, warteten dort kleine braun gekleidete Wesen mit großen Augen und Knubbelnasen. Auf dem Kopf trugen sie Grubenlampen, die so hell leuchteten, dass Becky und die Jungen blinzeln mussten.

„Seid ihr Mama Huhns Helfer?“, fragte Hugo vorsichtig.

Die kleinen Wesen sahen sich an und schüttelten den Kopf.

„Nö“, sagte der Erste.

„Nö, nö“, meinte der Zweite.

„Nö, nö, nö“, erklärte der Dritte.

Becky betrachtete die kleinen Wesen nachdenklich. „Also gut. Ich stelle die Frage anders: Seid ihr die Freunde von Mama Huhn?“

„Jawohl“, antwortete der Erste.

Der zweite Bergtroll lachte laut auf. „Ja, ja.“

Gerade wollte der dritte Bergtroll etwas sagen, da hob Becky die Hand. „Alles gut, wir wissen Bescheid. Könnt ihr uns zum Schloss der Königin führen?“

Die Bergtrolle sahen sich an und grinsten.

„Los“, sagte der Erste.

Die kleinen Kerlchen liefen davon. Ihre Grubenlampen erhellten die Dunkelheit. Die Freunde flitzten hinterher.

Plötzlich endete der Weg vor einer Wand aus Stein. Ohne Tür, ohne Tor, ohne Durchschlupf.

„Wiedersehen“, sagte der erste Troll und machte sich bereits auf den Rückweg.

„Angekommen“, erklärte der zweite Troll und lief ebenfalls davon.

Der dritte Bergtroll deutete auf den Felsen vor ihnen. „Angekommen. Wiedersehen. Draufklopfen.“

Damit machte auch er kehrt und alle Trolle verschwanden mitsamt ihren Grubenlampen. Im Tunnel herrschte völlige Dunkelheit.

Ohne groß darüber nachzudenken, was sie tat, pochte Becky mit dem Zeigefinger gegen den Felsen. Nichts passierte. Becky klopfte ein zweites Mal. Ohne Erfolg.

„In Märchen klappt es immer beim dritten oder siebten Mal“, meinte Hugo.

„Hoffentlich geht es schnell“, jammerte Ben. „Ich mag diese Dunkelheit nicht. Und den muffigen Geruch. Ich will hier raus.“

Becky pochte nun mit der Faust ein drittes Mal und … schon schob sich der Fels auseinander und gab den Blick auf einen prächtigen Rosenbusch frei. Das Gewächs war so dicht und hoch, dass es die Kinder und den geheimen

Felsengang völlig verbarg. Ein ohrenbetäubender Lärm schlug ihnen entgegen. Metall klirrte, heisere Schreie und Befehle waren zu hören. Dazu lag ein Knattern, Pfeifen, Sausen in der Luft und der laute Ruf eines Raubvogels erklang.

„Was ist da los?" Hugo bog vorsichtig ein paar Zweige zur Seite, um zu sehen, was dahinterlag.

„Was siehst du?", flüsterte Ben.

Hugo drehte sich mit weit aufgerissenen Augen zu seinen Freunden um. „Das ist der Innenhof des Schlosses. Die Muckis und Bergtrolle und viele andere Wesen sind durch das Tor eingedrungen und stehen jetzt einer ganzen Armee von Rittern gegenüber. Und da oben", er deutete zum Himmel, „schwebt Mama Huhn auf einem feuerroten Drachen!"

10. Kapitel

Ritter und Königin

Nacheinander spähten Becky, Ben und Mo durch die Zweige. Der Innenhof des Schlosses war riesig. An seinem oberen Ende hatte sich die Armee der Königin aufgebaut. Alles hätten die vier Kinder erwartet, aber nicht diese unglaublich vielen Ritter. Dagegen war die Horde der königlichen Kobolde am Haus der sieben Zwerge nichts gewesen. Mit Speeren, Lanzen und Morgensternen bewaffnet, standen die Ritter ihren wesentlich kleineren Gegnern, die sich am unteren Ende des Schlosshofs versammelten, gegenüber. Stumm und bewegungslos verharrten die Ritter in Reih und Glied, während auf der gegnerischen Seite immer mehr magische Wesen durch das geöffnete Schlosstor strömten.

Becky hielt sich erschrocken die Hand vor den Mund. „Die Ritter warten nur auf den Befehl der Königin. Dann greifen sie an, ganz bestimmt."

„Seht mal!" Hugo deutete auf die zahlreichen Eingangspforten des Schlosses, die sich in diesem Moment öffneten. Neben den Portalen waren zwei riesige Steinfiguren angebracht. „Die steinernen Riesen können bestimmt genauso lebendig werden wie Igor und Herr Nase. Allein mit ihren riesigen Füßen zerquetschen sie jeden Mucki und jeden Bergtroll. Und im Schloss sind noch viel mehr Ritter."

Ben stöhnte. „Diesen Kampf können wir nicht gewinnen."

Becky schüttelte den Kopf. „Da nützt auch der Drache von Mama Huhn nichts. Wir müssen uns schnell etwas einfallen lassen."

Hugo dachte panisch nach. „Verflixt, wenn wir jetzt das *Buch der Bücher* hätten, könnten wir Pepper, Genoveva und Ferdinand zu uns in die magische Welt hineinlesen. Sie wüssten bestimmt eine Lösung."

„Wir hätten es mitnehmen sollen", ärgerte sich Becky.

„Wir *haben* es mitgenommen", widersprach Mo. „Also ... *ich* habe es mitgenommen." Er zog das schwere Buch aus seinem Umhang. „Ich habe euch von meinem Teppich aus beobachtet, als ihr es in der Mauer versteckt habt. Eigentlich wollte ich es für die Königin stehlen. Aber jetzt bin ich froh, dass ich es meinen wahren Freunden aushändigen kann."

Im Innenhof des Schlosses kam Bewegung auf, die Ritter schlossen die Visiere ihrer Helme und prüften noch einmal ihre Waffen. Die Steinriesen stampften mit den schweren Füßen auf.

Vorsichtig öffnete Becky das Buch, aus dem die Fellchen strömten, ihre Flügel ausbreiteten und in alle Richtungen schwebten. Hektisch blätterte Becky die erste Buchseite auf, übersprang die Vorgeschichte und setzte an einer passenden Stelle ein: *„Schließlich erreichten sie* *das Schloss der Königin mit seinem riesigen Innenhof. Am Ende des Geheimgangs, gut verborgen hinter einem Rosenbusch, warteten*“, sie schloss die Augen und überlegte, *„Becky, Hugo und ihre Freunde in höchster Not auf Pepper, Genoveva und Ferdinand. Sie durften keine Zeit verlieren. Die magische Welt war in Gefahr!“*

„Hoppla! Wo bön öch denn jetzt gelandet?“ Mit einem scheppernden Geräusch tauchte Ferdinand neben den Kindern auf.

Dahinter erschien Genoveva, die noch eine Teetasse in der Hand hielt. „Becky, Hugo, Ben? Habt ihr uns etwa in die magische Welt hineingelesen?“ Sie sah zu Mo. „Der Junge auf dem fliegenden Teppich. Inzwischen offensichtlich eines Besseren belehrt. Ich hoffe, du hattest das Buch gelesen, Becky. Wer lesen kann, ist klar im Vorteil!“ Sie nippte an ihrer Tasse.

„Genoveva, jetzt ist die falsche Zeit für Vorwürfe, fürs Teetrinken oder Vorstellungsrunden." Pepper hatte einen Blick durch den Rosenbusch geworfen. „Wenn wir nicht schnell handeln, kommt es zu einem ziemlich ungleichen Kampf."

„Lass sehen!" Ferdinand steckte den Kopf durch den Busch. „Oha. Das sönd aber völe. Und ... oh ... den kenne öch doch!"

Er wandte sich zu Genoveva und ging vor ihr auf die Knie.

Die adelige Dame kicherte. „Willst du mir jetzt einen Antrag machen? Hier? Nach all den Jahren?"

„Meine Löbe, wo denkst du hön? Könntest du mör bötte kurz möt deinem Gewand mein Vösör putzen. Öch brauche einen klaren Blöck!"

Genoveva drückte Mo die Teetasse in die Hand, raffte ihren Rock und säuberte mit gekonnten Bewegungen Ferdinands Visier.

„Beeilt euch", mahnte Hugo. „Die Königin ist auf den Balkon getreten. Ich nehme an, sie gibt gleich das Signal zum Angreifen. Und dann wird es grausam!"

Ferdinand eilte zum Rosenbusch, steckte seinen Kopf noch tiefer zwischen die Dornen und zog ihn ruckartig wieder heraus.

Gerade als die Königin den Daumen senkte, polterte Ferdinand aus dem Versteck mitten auf den Schlosshof. Dornen, Zweige und dicke Äste machten seiner Ritterrüstung überhaupt nichts aus. Mit gewaltigen Schritten schepperte er auf die königliche Armee und den Kommandanten zu.

„Luitpold!", rief Ferdinand mit blecherner Stimme.

Der Kommandant der Armee drehte sich um, hob kurz sein Visier und fiel Ferdinand jubelnd und ungelenk in die Blecharme.

„Ferdinand, altes Blechhaus. So lange haben wir uns nicht mehr gesehen!" Er blickte zum Balkon. „Ups, jetzt muss ich leider meinen Befehl ausführen, wir sprechen später."

„Nein!", donnerte Ferdinand. „Genau deshalb bön öch

hör! Öch kämpfe für dö andere Seite. Gegen dö böse Könögön! Sö hat meine besten Freunde öns Gefängnös geworfen. Und öch bön hör, um sö zu befreien!"

Luitpold stutzte und sah erneut zum Balkon, doch die Königin war schon verschwunden. Er blickte zu seiner Armee, die auf seinen Befehl wartete. Dann sah er zu Ferdinand.

„Blech ist dicker als Blut", rief er. „Ich kann auf keinen Fall gegen meinen Cousin kämpfen. Rückzug!"

Als Becky sah, wie sich die Ritter zurückzogen, spurtete sie los. Sie hatte Hugo, Ben und Mo verboten, sie zu begleiten. Das musste sie allein schaffen, sie musste allein die uralte Prophezeiung erfüllen. Sie rannte die Treppenstufen zur Eingangshalle hinauf. In der geheimen Karte im *Buch der Bücher* war auch ein Plan vom Schloss ge-

wesen. Den hatte Becky mit Genoveva besonders gut studiert. Sie wusste ganz genau, wo sich der Thronsaal befand.

„Nur noch diesen Gang entlang. Du schaffst das, Becky", machte sie sich selbst Mut.

Am Ende des Korridors leuchteten zwei riesige Kerzenleuchter und warfen ihr flackerndes Licht auf eine Tür aus bunten Glassteinen, über der eine Krone angebracht war. Becky legte die Hand auf die Klinke, atmete noch einmal tief durch und öffnete die Tür.

Milchiges Licht erhellte den Thronsaal. Er war leer – bis auf einen üppigen goldenen Sessel mit roten Samtkissen. Darauf saß eine hagere Frau mit traurigen Augen. Die Krone, die sie auf dem Kopf trug, war ihr viel zu groß und über die Stirn gerutscht. Auch der Thron hatte nicht die richtige Größe für das zierliche Persönchen. Die Beine der Königin baumelten weit über dem Boden.

„Wer bist du?"

Selbst die Stimme der Königin war nicht laut oder streng. Sie war so leise und klang so kraftlos, dass Becky näher kommen musste, um etwas zu verstehen.

„Ich bin Becky Librum. Ich fordere dich auch im Namen meiner Freunde Hugo, Ben, Mo, Pepper, Ferdinand, Genoveva und vieler anderer auf, die Buxies und Glimmeria freizulassen. Ebenso Watson, Hugos Hund, und mein Streifenhörnchen Lotti. Sofort!" Beckys Herz schlug ihr bis zum Hals. Wie oft hatte sie einen Satz dieser Art mit Genoveva eingeübt! Wie würde die Königin darauf reagieren?

Statt einer Antwort hüpfte die Königin von ihrem Thron und schritt auf Becky zu. Selbst mit Krone und hohen Schuhen reichte sie dem Mädchen gerade bis zu den Schultern.

„Die Wesen, die du gerade genannt hast", sie wedelte mit ihrem Zepter vor Becky herum, „sind das alles deine Freunde?"

Becky nickte. „Ich habe noch viel mehr Freunde. Alle, die draußen im Hof gegen deine Armee kämpfen."

„Meine Armee kämpft gar nicht. Sie hat sich zurückgezogen." Die Königin seufzte. „Du hast es gut. Ich habe keine Armee, die für mich da ist, und keine Freunde. Niemand interessiert sich für mich."

„Hast du denn keine Familie? Einen Vater oder eine Mutter?“, fragte Becky.

Die Königin zuckte nur mit den Schultern. Dabei rutschte ihre Krone so tief, dass sie komplett über den Kopf hinabglitt und ihr nun wie ein dickes Schmuckstück um den Hals hing.

„Verflixtes Ding“, schimpfte die Königin. „Ich hasse dieses blöde Zeichen der Macht.“ Sie zerrte daran, bis sie die Krone in der Hand hielt. Dann pfefferte sie den Kopfschmuck in hohem Bogen auf den Boden und ließ sich ebenfalls dort nieder. „Du möchtest wissen, ob ich eine Familie habe?“ Sie lachte bitter. „Mein Vater hatte keine Lust mehr darauf, die magische Welt zu regieren, er wollte lieber durch die Gegend reisen. Deshalb bin ich Königin geworden. Und meine Mutter ist ...“, die Königin schniefte. „Meine Mutter ist schon vor langer Zeit gestorben. Ich vermisse sie schrecklich.“

Becky hatte auf einmal furchtbares Mitleid mit der einsamen Frau. Behutsam hockte sie sich im Schneidersitz neben die Königin und nahm ihre Hand. „Meine Mama ist auch vor vielen Jahren verstorben. Manchmal habe ich Angst, dass ich mich nicht mehr richtig an sie erinnern kann. Sie fehlt mir sehr!“

Für einen Moment blieben die beiden schweigend auf dem Boden sitzen und hingen ihren Gedanken nach.

Dann räusperte sich die Königin. „Mein Vater hat sich hier eingeschlossen gefühlt. Er hat gesagt, dass ihm die Ketten der Macht und der Verantwortung angelegt wurden. Und dann hat er das Gleiche einfach mit mir getan ...“

Becky suchte nach den richtigen Worten: „Eine gute Königin fühlt sich nicht angekettet. Sie macht ihre Arbeit gern und aus ganzem Herzen, für ihr Volk. Und dann wird ihr das Volk auch vertrauen und ihr folgen.“

„Ach, Becky!“ Tränen liefen über die Wangen der Königin. „Mit diesen Worten hast du mein Herz wahrlich gewonnen!“

„Wärst du so gütig und würdest unsere Haustiere, die

Buxies und Glimmeria bitte freilassen?“ Becky reichte der Königin ein Taschentuch, das sie auf dem Thron gefunden hatte. „Warum hast du sie eigentlich eingesperrt? Sie haben dir doch nichts getan?“

„Ach, ich war so furchtbar eifersüchtig auf sie.“ Die Königin putzte sich die Nase. „Über alle magischen Wesen gibt es Geschichten. Jedes Kind kann von ihnen lesen, kann durch die Bücher in ihre Welt eintauchen. Aber über mich ...“, sie schniefte laut, „über mich gibt es nichts. Keine gute, spannende, abenteuerliche oder schöne Geschichte. Kein Kind interessiert sich für mich.“

Becky horchte auf. „Aber das ist doch kein Problem! Eigentlich ein Kinderspiel! Du wirst sehen, schon bald wirst du deine ganz eigene Geschichte haben!“

Und insgeheim dachte Becky erleichtert, dass dann alles geschafft wäre. Dann hätte sie die Prophezeiung erfüllt: *Wisse, dass deine Kraft Ketten sprengen kann. Du wirst das Herz der Königin für dich gewinnen und Geschichte schreiben.*

Im Verborgenen ...

Dieser Lärm vor unserer Tür ... wer kann das sein?" Zitternd hielt sich Lady Greenie die Bettdecke vors Gesicht. „Wenn uns jemand holen will ... ich bin nicht da!"

Glimmeria legte den Finger an die Lippen. „Pssst! Die Stimmen kommen mir bekannt vor."

„Jemand pocht an die Tür!", rief Lady Botterblom.

Angespannt hörten die drei Buxies und Glimmeria, wie der Schlüssel im Schloss der schweren Gefängnistür umgedreht wurde. Mit angehaltenem Atem sahen sie einen Ritter, der seinen Kopf zur Tür hereinstreckte.

„Melde gehorsam, Tür geöffnet“, polterte er. „Guten Tag, die Damen. Mein Name ist Luitpold, ich bin Kommandant der königlichen Armee. Und hier ist mein Cousin ...“

„Ferdinand!“

Der Jubel der Buxies und Glimmerias Begeisterung waren unbeschreiblich. Mit Freudenschreien stürmten die Damen auf den Blechritter zu. Als dann auch noch Pepper zwischen Ferdinands Beinen hindurchschlüpfte, gefolgt von Genoveva, Ben und Hugo, brachen Lady Greenie, Madame Rose, Lady Botterblom und Glimmeria in Freudentränen aus.

„Ömmer langsam, nöcht so stürmösch.“ Ferdinand tätschelte jede der Damen sachte mit seinen scheppernden Handschuhen.

„Oh, wie ich euch vermisst habe.“ Genoveva umarmte ihre Freundinnen lange.

„Beim Katzenfloh, das wurde auch Zeit“, maunzte Pepper erfreut. „Wenn ihr nicht so schnell wie möglich nach Hause kommt, sind eure Bücherregale nur noch Papiermatsche.“

„Darf ich euch Hugo, Ben und ... wohin ist denn Mo verschwunden?“, wunderte sich Genoveva.

Ben schüttelte den Kopf. „Keine Ahnung. Mist. Ich habe das Abenteuerbuch aus eurer Bibliothek auf seinem Teppich vergessen. Es tut mir leid.“

„Das soll jetzt nicht deine Sorge sein, Kind.“ Genoveva tupfte sich Schweißperlen von der Stirn. „Liebe Buxies, liebste Glimmeria, darf ich euch nun Hugo und Ben vorstellen? Sie sind unsere Freunde und lesen fleißig die Bücher aus der magischen Bibliothek.“

„Zusammen mit Becky“, warf Hugo ein.

„Natürlöch.“ Ferdinand nickte. „Aber sö erfüllt gerade dö uralte Prophezeiung und öst bei der Könögön.“

„Ganz allein?“ Glimmeria wurde blass. „Das ist zu gefährlich.“

„Becky ist mutig und tapfer“, sagte Hugo stolz.

„Die kriegt das hin“, meinte Ben.

„Darf ich die Anwesenden kurz stören?“, mischte sich Luitpold ein. „Ich würde dann zu den nächsten Zellen schreiten, in denen einige Räuber, Piraten, eine kleine Hexe und ein gestiefelter Kater eingesperrt sind. Im Anschluss sollen wir zwei Tiere aus Zelle drei entlassen. Ein Hörnchen und ein …"

„Watson!", schrie Hugo. „Da muss ich dabei sein."

„Ich komme mit!" Ben rannte seinem Freund und dem Ritter hinterher.

Madame Rose wedelte sich Luft zu. „Pardon, aber das ist alles ein bisschen viel auf einmal. Bitte, Genoveva, Ferdinand und Pepper, fasst das Geschehene kurz für uns zusammen."

„Kurz?" Genoveva atmete hörbar aus. „Ob ich das schaffe?"

11. Kapitel

Kristallkugel und Geschichte

Es war eine ungewöhnliche Gesellschaft, die sich später auf dem Schlosshof versammelte. Die eine Gruppe bestand aus Becky mit Lotti, Hugo mit Watson, Ben, allen Wesen der magischen Bibliothek inklusive der Buxies und Glimmeria und der Königin. Ihnen gegenüber hatten sich Thore mit seiner Räuberbande, Kapitän Krummsäbel und seine Piraten, die sieben Zwerge, der gestiefelte Kater, die kleine Hexe, Mama Huhn mit ihrem

Drachen und viele weitere Wesen der magischen Welt aufgestellt. Zuvor hatten sich Becky, Hugo und Ben überschwänglich bei allen für deren Hilfe bedankt und ihnen versichert, sich bald wieder in Geschichten hineinzulesen und so in die magische Welt zu reisen. Auf jeden Fall sollten alle geschlossenen Freundschaften aufrechterhalten werden.

Luitpold, der Kommandant der königlichen Armee, trat vor. „Es ist alles für Ihre Abreise vorbereitet, Königliche Hoheit."

Die Königin nickte. „Vielen Dank, Luitpold. Ich weiß, dass ich mich in meiner Abwesenheit auf dich verlassen kann. Es tut mir unendlich leid, dass ich mich nie richtig mit dir und deinen Fähigkeiten beschäftigt habe. Ich scheine die letzte Zeit in einer Art ... Nebel verbracht zu haben. Einer Mischung aus Unzufriedenheit, Ärger und Wut. Das soll ab jetzt anders werden." Sie nickte den Wesen der magischen Welt huldvoll zu. „Auch euch verspreche ich, mich mehr um eure Belange und weniger um mich selbst zu kümmern. Doch zuvor muss ich noch etwas mit Becky ... erledigen."

Hugo trat neben Becky und Ben und flüsterte ihnen ins Ohr: „Wo bleibt nur Mo? Meint ihr, er ist abgehauen? Will er uns nicht mehr sehen und sich verabschieden?“

„Keine Ahnung.“ Becky hob die Schultern und senkte sie wieder. „Vielleicht war ihm das alles unangenehm?“

„Wenigstens das Abenteuerbuch hätte er zurückbringen können.“ Ben warf einen Blick auf das *Buch der Bücher*, das er in seinen Händen hielt. „Ich war noch gar nicht fertig mit der Geschichte.“

„Möglicherweise schämt er sich vor all den Anwesenden.“ Hugo hob Watson auf seinen Arm und vergrub glücklich die Nase in seinem Fell. Er war so froh, dass er seinen Freund wiederhatte. „Schade. Ich hatte gehofft, wir wären Freunde geworden.“

„Meine Mama hat gesagt, dass man gute Freunde im Herzen trägt. Und dass man sich im Leben immer zweimal begegnet. Oder meint ihr etwa, das war unser letzter Besuch in der magischen Welt?“ Becky lächelte. „Wir sollten los.“ Sie nahm Hugo das *Buch der Bücher* ab und öffnete es. *„Es war einmal vor langer, langer Zeit“*, las sie, während die Fellchen über der Reisegruppe schwebten und alle gespannt lauschten, *„da gab es eine Verbindung zwischen der magischen Welt und der Welt, in der das Schloss Rosenbolt stand. Nach einem Ausflug in die Welt der fantasievollen Geschichten und ihrer Figuren reiste Becky Librum mit ihrem Streifenhörnchen Lotti, ihren Freunden Hugo, Hund Watson und Ben, den magischen Wesen aus der geheimen Bibliothek und ... der Königin der magischen Welt zurück ins Schloss Rosenbolt. Kaum waren sie in der geheimen Bibliothek angekommen ...“*

„Wie entzückend!“ Wenig später bestaunte die Königin die Bücherregale in der Bibliothek des Schlosses.

„Wir sind wieder zu Hause!“ Glimmeria stieß einen Freudenschrei aus, als sie ihre Kristallkugel in einer Vitrine entdeckte. Und einen weiteren Schrei des Schocks, als sie den Zustand der Bücher in ihrer Abteilung sah. „Oje, wir brauchen viele Kinder, die lesen wollen. Sonst sieht es düster aus."

Auch die Buxies waren sofort in ihre Abteilung geströmt, um den Zustand ihrer Werke zu untersuchen.

„Sind wir nicht schon viel zu spät? Wie viel Uhr ist es?" Becky war auf einmal völlig aufgelöst. Die ganze Zeit über hatte sie nicht an ihren Vater oder Molly gedacht. Aber jetzt ...

„Becky, Hugo und Ben", erklärte Genoveva, „sorgt euch bitte nicht. Die Zeit in der magischen Welt vergeht ganz anders als hier. Im Schloss Rosenbolt ist es höchstens eine halbe Stunde her, seit ihr die magische Welt voller Mut erobert habt." Sie kicherte. „Und wie furchtlos ihr das gemacht habt!"

„Oh, ihr wunderbaren Wesen aus unserer Welt, ich kann verstehen, dass ihr in diesem Schloss eine neue Heimat gefunden habt. Ich fühle mich hier so ... aufgehoben und behütet", erklärte die Königin. „Liebe Buxies und Glimmeria, es tut mir unendlich leid, dass ich euch so lange von eurem Zuhause fortgesperrt habe. Wie kann ich das nur wiedergutmachen?“

Glimmeria, die zarte Fee, wischte sich ein paar Freudentränen aus den Augenwinkeln. „Die Vergangenheit lässt sich nicht ändern, aber die Zukunft kann man gestalten! Jeder hat seine Geschichte. Aber nicht jede ist dazu geeignet, damit zu prahlen.“ Sie hob anmutig ihren Zauberstab und ließ einen Sternenregen über die Bibliothek rieseln. „Meine Märchenbücher, meine lieben Märchenbücher. Ich verspreche euch, dass ihr bald gelesen werdet.“ Sie wedelte den Nebel, der über der Abteilung mit ihren Märchenbüchern lag, weg. „Gleich morgen werde ich hier staubwischen!“

„Ganz meine Meinung“, bestätigte Lady Botterblom.

„Auch unsere Abteilung mit den Büchern, die in der Natur spielen, sieht schrecklich aus."

„Das muss sich ändern", erklärte Lady Greenie. „Ich weiß nur nicht, wie!?"

„Wir schon!" Hugo grinste und sah Ben an. „Wir werden sie lesen. In Buchwelten eintauchen, durch Fantasiewelten reisen. Mit Figuren mitfiebern, ihre Freude und Traurigkeit teilen."

Ben hob den Daumen. „Das, was ich gerade erlebt habe, war gigantisch. Ab sofort werde ich zum Bücherfresser!"

Genoveva, Pepper und Ferdinand klatschten begeistert.

„Ich werde mich mit der Königin zurückziehen", sagte Becky. „Dürfen wir den Schreibtisch benutzen, Ferdinand? Und Papier bräuchten wir bitte."

Keine zwei Stunden später hatte Becky die Geschichte der Königin zu Papier gebracht. Becky hatte extra schön geschrieben, damit jeder sie lesen konnte. Es war die Geschichte einer Gebieterin, die die Herrschaft über ein großes Volk hatte, aber nicht damit umgehen konnte. Gleichzeitig war es auch die Geschichte eines jungen Mädchens, das viel zu früh einen Thron besteigen musste. Es war die Geschichte von großer Macht und noch größerer Einsamkeit. Von falschen Freunden und Beratern und vielen Wesen, die dadurch zu Feinden wurden. Und eine Geschichte über die Sehnsucht nach Liebe und Freundschaft.

Glimmeria schwebte zu den Kindern, nahm Becky die Seiten aus der Hand und drehte sich damit im Kreis. Schneller, immer schneller wirbelte sie herum, während goldene Sternchen um sie tanzten. Als die Fee langsamer wurde, hielt sie ein Buch mit einem festen Einband und vielen Seiten in der Hand:

Die wundersame Geschichte einer großen Königin

Das Bild des Königsschlosses aus der magischen Welt glänzte so hell auf dem Einband, als würde es gerade von goldenem Sonnenlicht angestrahlt werden.

Mit Sorge sah die Königin auf das fertige Werk. „Meint ihr denn wirklich, dass jemand meine Geschichte lesen möchte?"

Becky sah sie überrascht an und lächelte dann. „Ob das jemand *möchte*? Verehrte Königin, deine Geschichte ist schließlich auch die Geschichte von vielen, vielen Kindern. Nicht jedes muss einen Thron besteigen, das stimmt wohl. Aber viele sollen Aufgaben erfüllen, denen sie sich überhaupt nicht gewachsen fühlen. Sie müssen unterscheiden lernen, wer wirklich ihr Freund und wer nur ein kurzer Begleiter ist. Und sie sollen verstehen, dass das Leben einfach wunderbar sein kann!" Hugo hatte die Frage der Königin mitgehört. „Das Wichtigste ist doch, dass wir uns in den Geschichten wiederfinden können. Mit unseren Wünschen, Träumen, Hoffnungen, Ängsten und Sorgen. Also ich würde echt gern lesen, dass auch eine Königin unsicher und traurig sein kann." Er lächelte die Königin aufmunternd an.

„Ich bin so glücklich, dass ich euch getroffen habe. Auch wenn die Umstände alles andere als erfreulich waren. Jetzt kann ich frohen Herzens wieder in die magische

Welt zurückkehren. Ich werde eine Königin sein, die ihr Volk liebt …“

„… und von ihrem Volk geliebt wird“, beendete Becky den Satz. „Jetzt kommt endlich! Wir wollen in der Bibliothek ein Fest feiern. Ein richtiges Bücherfest!“

Das alte Grammofon, das Genoveva aus einer Ecke der Bibliothek holte, spielte lustige Liedchen. Madame Rose, die eine wunderbare Stimme hatte, trällerte ausgelassen dazu. Ferdinand und Genoveva tanzten, Lady Greenie und Lady Botterblom spielten Trommel auf Bücherstapeln. Watson, Lotti und Pepper waren vor Erschöpfung auf dem Sofa eingeschlafen. Becky, Hugo und Ben hüpften ausgelassen zwischen den Regalen herum. Die Stimmung war prächtig.

Das fand auch Glimmeria, die ihre Kristallkugel die

ganze Zeit über liebevoll gestreichelt hatte. Nun bettete sie ihr Eigentum auf ein Kissen und beteiligte sich am Tanz. Ausgerechnet in dem Moment, als die Kugel zu flimmern begann und in dem orangeroten Licht der Umriss eines Jungen auftauchte. Mos Umriss. Der Junge winkte aufgeregt, als hätte er etwas Wichtiges zu verkünden. Doch Mos Worte waren nicht zu vernehmen. Hätte Glimmeria die Kugel noch eine Minute länger in der Hand gehalten, hätte sie zumindest einen von Mos Ausrufen vernehmen können:

„Hilfe!“

Barbara Rose ist Kinder- und Jugendbuchautorin und Journalistin. Über zehn Jahre lang hat sie sich Geschichten fürs Fernsehen ausgedacht und Sendungen für Kinder und Jugendliche im Radio moderiert. Inzwischen arbeitet sie als freie Autorin und kann das tun, was ihr am meisten Spaß macht: Bücher schreiben und daraus vorlesen. Sie wohnt mit ihrem Mann und ihren vier Kindern in der Nähe von Stuttgart. Mehr zur Autorin unter: www.barbara-rose.info

Annabelle von Sperber arbeitet als freie Illustratorin und Autorin für verschiedene deutsche und internationale Buchverlage, Magazine, Zeitungen, Agenturen und Online-Medien. Sie studierte Illustration an der HAW Hamburg und gründete zusammen mit Irmela Schautz das atelier2gestalten. Sie lehrt als Dozentin an der Akademie für Illustration AID Berlin. Annabelle von Sperber lebt in Berlin.

Die Welt der Bücher ist in Gefahr!

Band 1 · ISBN 978-3-7432-0656-4

Band 2 · ISBN 978-3-7432-0657-1

Becky Librum ist mit ihrem Vater in ein echtes Schloss gezogen, in dem sie ein geheimes Stockwerk mit einer riesigen Bibliothek entdeckt. Und nur Becky kann die Bücher davor retten, für immer zu Staub zu zerfallen.

Loewe
Das will ich lesen!

HEY LEUTE, HIER KOMMT MILLA!

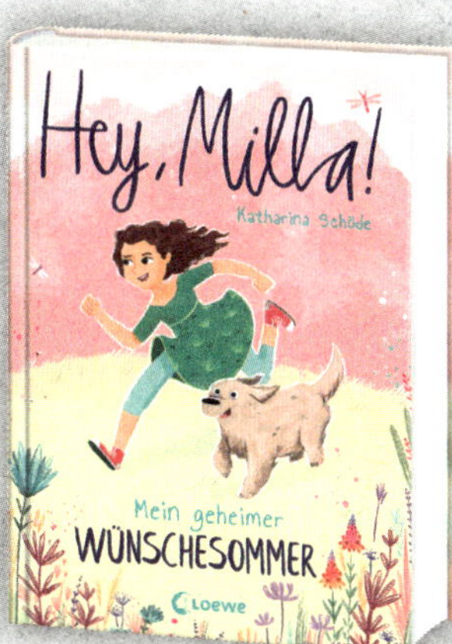

Band 1 · ISBN 978-3-7432-0739-4

Band 2 · ISBN 978-3-7432-0740-0

Band 3 · ISBN 978-3-7432-0741-7

EINE WUNDERVOLLE ABENTEUERREIHE!

Loewe
Das will ich lesen!